D1642794

LES CINQ SAISONS DU MOINE

DAVID DORAIS

Les cinq saisons du moine

nouvelles

L'instant même

Maquette de la couverture : Anne-Marie Guérineau

Illustration de la couverture : Claire Lamarre, *Stratagèmes II*, 2001, acrylique sur panneau d'aggloméré (61 × 76 cm)
Photographie : Danielle April

Photocomposition : CompoMagny enr.

Distribution pour le Québec : Diffusion Dimedia
539, boulevard Lebeau
Montréal (Québec) H4N 1S2

Distribution pour la France : Distribution du Nouveau Monde

L'instant même
865, avenue Moncton
Québec (Québec) G1S 2Y4
info@instantmeme.com
www.instantmeme.com

Dépôt légal
Bibliothèque nationale du Québec, 2004

Catalogage avant publication de la Bibliothèque nationale du Canada

Dorais, David, 1975-

   Les cinq saisons du moine

   ISBN 2-89502-114-7

   I. Titre.

PS8607.O72C56 2004   C843'.6   C2004-940589-6
PS9607.O72C56 2004

L'instant même remercie le Conseil des Arts du Canada, le gouvernement du Canada (Programme d'aide au développement de l'industrie de l'édition), le gouvernement du Québec (Programme de crédit d'impôt pour l'édition de livres – Gestion SODEC) et la Société de développement des entreprises culturelles du Québec.

La folle du logis

Pour la première fois ce printemps, l'aubergiste avait ouvert la porte d'entrée. Ce n'était que le matin, et tôt encore, mais une brise très douce soufflait du ciel. Un escalier dallé de pierres menait à l'auberge, située sous le niveau de la rue. Il faisait sombre à l'intérieur, la lumière s'arrêtant sur le seuil, mais l'air descendait les marches en cascade pour venir abreuver la salle. D'une tiédeur qu'on avait presque oubliée après l'hiver, il amenait avec lui une odeur de boue. La neige fondait sur le chemin, mais il en restait encore au fond des fossés. De l'extérieur parvenait le gazouillement des oiseaux.

L'aubergiste sortit de la cuisine en portant une écuelle de bois et un pot de grès. Il déposa le tout sur une table, devant le jeune homme qui s'était assis au fond de la salle. Ce dernier détourna le regard de son livre, pour examiner ce qu'on lui avait apporté. L'assiette contenait des tranches de pain et des quartiers de pomme, et le pot était rempli de lait chaud crémeux.

« Tu es sûr que tu ne veux rien manger de plus ? demanda l'aubergiste.

– C'est là tout ce dont j'ai besoin. *En évitant les excès, le moine ne sera jamais surpris par l'indigestion*, ainsi le dit saint

Benoît. Il me faut ma concentration entière pour les examens du noviciat… Et je me passerais volontiers de ceci », s'exclama-t-il en lançant loin de son assiette une boulette de viande que l'aubergiste avait glissée sous une tranche de pain.

Le gros homme éclata de rire. « *Tous absolument s'abstiendront de la chair des quadrupèdes, excepté ceux qui sont tout à fait débiles et ceux qui sont malades*, cita-t-il. Et je te garantis que cet animal-là était le plus malade du troupeau. Tu peux donc manger sans crainte ! » Installé à proximité du monastère depuis belle lurette, il aimait taquiner ses clients habituels et, pour le plaisir de disputer avec eux, il avait lui aussi appris par cœur des passages de la Règle. Il la connaissait mieux que tous les novices, mais ceux-ci se gardaient bien de lui demander son aide pour les examens. L'histoire avait prouvé que ses conseils étaient tissés de mensonges et qu'il faisait sciemment échouer les étudiants.

« Tu joues avec les mots, lui reprocha le jeune homme. Saint Benoît ne parle pas des animaux, mais des moines, quand il les traite de débiles et de malades.

– Tu as bien raison, allez ! »

L'aubergiste fit aussitôt mine de ramasser la boulette de viande, tombée dans la poussière et que commençait à lécher un chat. Avec un soupir d'énervement, le jeune homme plongea le nez dans son livre. L'aubergiste éclata de rire de nouveau, puis s'assit en observant, amusé, l'étudiant absorbé par sa lecture. Celui-ci, de temps à autre, sortait un bras de derrière son volume pour aller pêcher quelque chose dans l'écuelle.

Le déjeuner se déroula silencieusement, jusqu'à ce qu'on entendît des pas sur les marches. Le novice que son ami attendait entra d'un air digne. On devinait cependant une grande excitation chez lui. Il avait les joues rouges, on voyait qu'il avait marché vite. « Ah ! Ça sent la crotte et le gazon mouillé…

8

Une belle raspoutitsa dehors ! Que c'est bon ! Et regardez ce que j'ai trouvé ! » Il tendit avec fierté un bourgeon, petite tête mauve, dure comme un clou de girofle. « C'est le premier que je vois cette année. Je l'ai coupé avec les ongles, il pointait au bout d'une branche. Comme il va être splendide quand il va s'ouvrir ! Qu'est-ce que tu en penses ? » L'ami leva les yeux de son livre, les y replongea pour vérifier quelque chose, puis lança : « Au chapitre trente-cinquième, dans quel cas les frères ont-ils droit à un coup à boire et à un morceau de pain, en sus de la portion ordinaire ? » Le novice fut un instant décontenancé. Il perdit le sourire, mais réfléchit un peu et répondit :

« Quand ils font le service. D'ailleurs, c'est mon tour ce soir.

– Bien. Et à partir de quand peuvent-ils les consommer ?

– Une heure avant le repas. Je ne m'en priverai pas.

– Bravo ! »

L'ami avait l'air sincèrement heureux. Il tira un siège au novice. Ce dernier s'assit, de nouveau souriant, et vola une tranche de pain dans l'écuelle qui traînait. Il ouvrit, lui aussi, son saint Benoît et se mit à étudier avec gravité.

Toutefois, il ne resta pas immobile longtemps : il commença à se balancer sur les pattes arrière de sa chaise, à se racler la gorge, à serrer nerveusement sa bure. Pour l'agacer, l'aubergiste le dévisageait. Le novice se reprit un peu. Il fit semblant d'être occupé totalement par sa lecture. Mais il continuait à mal camoufler les signes de l'agitation la plus vive. L'aubergiste remarqua une forme rigide qui saillait à travers le tissu de la robe du novice. Déclarant qu'il avait à faire à la cuisine, il se leva et quitta la pièce. Seulement, il resta caché derrière la porte, curieux de voir ce qui troublait tant son jeune client.

Une fois l'aubergiste disparu, le novice agrippa son ami par la manche.

« J'ai quelque chose à te montrer.

– Je sais, ton bourgeon.

– Non, quelque chose d'autre. Regarde. »

Les yeux scintillants de fierté, il écarta un pan de son vêtement de laine et en retira triomphalement un livre bleu. « *L'Art d'aimer* d'Ovide ! » murmura-t-il. Il ne pouvait réprimer un sourire. L'ami eut l'air estomaqué.

« Où as-tu trouvé cela ?

– On me l'a donné.

– Qui ?

– Une femme que j'ai rencontrée au carrefour, en m'en venant ici. Elle portait une robe de soie blanche et ses cheveux étaient tressés en une longue natte dorée. Elle m'a simplement tendu le livre et a refermé mes doigts dessus.

– Tu es fou. D'abord, nous ne pouvons rien posséder en propre, tu le sais bien. Si l'abbé t'attrape, tu seras sévèrement réprimandé. Et puis, qu'est-ce que tu vas en faire, de ton *Art d'aimer* ? Tu te destines à l'amour de Dieu, pas à celui des femmes. Il ne te servira à rien ! »

Mais le novice ne l'écoutait pas et parcourait avec passion son livre. Celui-ci tenait dans la paume de la main. Le nom de l'auteur et le titre étaient sobrement inscrits sur la couverture, les pages, faites de papier mince comme de la pelure d'oignon. Les pieds sur son siège, il feuilletait le volume en se léchant le bout de l'index. Devant le titre de certaines parties, le jeune homme se mettait à ricaner d'un rire égrillard. Il l'ouvrait sous les yeux de son ami, qui s'en détournait avec répulsion. « Eh, eh ! Regarde : *Moyens de plaire, Larmes, baisers, hardiesse…* Oooh ! Et ici : *Pratique des choses de l'amour !* »

L'ami se confinait dans son livre saint, jetant de temps en temps un regard mauvais sur sa gauche. Le novice, quant à lui, une main entre les cuisses, compulsait le volume, le visage radieux. Trop heureux de sa nouvelle acquisition, il lisait à peine et se contentait de caresser les lettres du bout des doigts. Ses yeux dévoraient le volume ; son imagination lui peignait les scènes les plus enflammées.

Soudain, une voix de stentor le fit sursauter. L'aubergiste, qui s'était avancé derrière lui, l'apostrophait avec la satisfaction d'une personne qui en tient une autre sous sa coupe : « *L'Art d'aimer*, mon petit moine ? Vous êtes un vrai petit cochon, un paillard ! Eh, eh ! » Le novice, honteux, rangea précipitamment le livre dans sa poche et s'empara aussitôt de sa Règle. « Je devrais vous dénoncer à l'abbé, continua l'aubergiste. Il vous excommunierait, pour sûr, et peut-être même qu'il vous confisquerait votre livre ! » Devant la mine terrifiée du garçon, le gros homme se radoucit :

« Mais non, je plaisante. Écoutez, je vais même vous aider dans votre entreprise et vous faire gagner du temps. Connaissez-vous le bourgeois ?

– Le marchand de cordes ? Il habite à l'autre bout du village, dans l'ancienne maison hantée, répondit le novice avec suspicion.

– Exactement. Et connaissez-vous sa femme ?

– Il n'a pas d'épouse, il est veuf.

– C'est ce qu'il aimerait vous faire croire… En réalité, je sais de source sûre qu'il entretient secrètement une femme, qu'il cache dans une des pièces de sa maison. Il l'a fait entrer par une nuit sans lune et depuis, il la tient à l'abri des regards. Elle n'a jamais vu la lumière du soleil depuis qu'elle habite chez lui.

– Mais pourquoi la cache-t-il ? demanda le novice, de plus en plus intéressé.

– Parce qu'elle est folle… mais belle ! »

L'aubergiste avait prononcé le dernier mot avec toute l'emphase possible.

« Belle… comment ?

– Oh ! Sa chair est blanche comme l'albâtre ! Ses sourcils sont deux arcs d'ébène dont les flèches vous transpercent le cœur ! Ses joues sont lisses comme du marbre ! Et ses seins sont ronds comme des boules d'ivoire ! »

Bruyamment, l'ami posa son livre sur la table et s'exclama avec terreur :

« Mais c'est une statue !

– C'est une idole », précisa l'aubergiste avec un clin d'œil.

Satisfait de l'impression qu'il venait de produire sur l'imagination du novice, l'aubergiste se retira, laissant le jeune homme à sa rêverie. Ce dernier fixa du regard les stries de la table un long moment. Puis son livre claqua, il l'enfourna dans sa poche et proposa d'aller lire en plein air.

Les deux étudiants gravirent les marches de l'auberge et émergèrent dans la rue. Il était près de midi, la boue avait séché dans les ornières. Un bon vent soufflait, gonflant les bures des novices. Ils s'arrêtèrent brièvement à la boucherie pour acheter des saucissons, puis ils entrèrent dans le bois. Le soleil passait à travers le branchage entremêlé et leur tachetait d'ombres le visage. Au sommet des arbres, on entendait les trilles du sansonnet rayé et du rossignol milanais. Toutes les branches brandissaient des bourgeons acérés. Au pied des troncs, entre les racines qui affleuraient, quelques plaques d'une glace sale, mêlée de terre et d'herbe jaunie, avaient échappé aux rayons printaniers. Les amis firent attention de ne pas y mettre les pieds. Ils se tenaient par la main.

Ils parvinrent ainsi à un verger qu'ils connaissaient. À un endroit, le gazon avait séché, ils s'y assirent. On entendait non loin le glouglou d'un ruisseau fraîchement libéré.

Les deux novices étudièrent leur saint Benoît toute la journée, se faisant répéter, créant des rapprochements nouveaux entre différents chapitres, inventant des situations fictives pour appliquer la règle le mieux possible. Le novice prenait au sérieux ses études. Il aimait rivaliser de mémoire avec son ami et possédait une grande connaissance des commandements du Maître.

Cependant, il avait camouflé *L'Art d'aimer* dans son livre religieux et jetait, aussitôt qu'il le pouvait, quelques coups d'œil sur les lignes sulfureuses. Quand il voyait son ami plongé de son côté dans la lecture, il parcourait rapidement les pages délicates. Quand son ami se levait pour aller boire au ruisseau, il se jetait goulûment sur l'un des chapitres et psalmodiait les conseils du divin poète. À la fin de la journée, il avait acquis une telle familiarité avec son volume qu'il poussa la hardiesse jusqu'à l'ouvrir sans vergogne sous les yeux de son compagnon. Celui-ci s'aperçut bien du blasphème; il fronça les sourcils, mais ne dit mot.

La chaleur que *L'Art d'aimer* avait attisée chez le jeune homme fut peu à peu tempérée par la fraîcheur de la fin d'après-midi. Tandis que les ombres s'étiraient, le corps du novice se mit à frissonner. Cela lui rappela qu'il avait à rentrer plus tôt au monastère : il était semainier et devait servir les autres frères, en plus de leur laver les pieds. Il se leva.

Aussitôt, l'inquiétude le saisit. Peut-être s'était-il absenté trop longtemps ? Et si les autres moines commençaient déjà à l'oublier ? L'attachement se fortifie avec le temps, pensa-t-il, il devient plus solide. Il vaut mieux que l'absence soit courte. « Que la communauté s'habitue à moi, qu'elle me voie toujours, que la nuit et le jour lui montrent mon visage, s'encouragea-t-il. Je suis parti depuis ce matin, je ferais mieux de me presser avant qu'ils ne choisissent quelqu'un d'autre pour le travail de la cuisine ! »

Il ferma ses livres l'un sur l'autre et salua son ami d'un baiser sur la joue. Il suivit d'un pas rapide le chemin en courbe bordé de fossés qui menait au monastère, dont l'enceinte grise se dressait un peu à l'écart du village. Le novice poussa la grille de plomb, longea l'allée boueuse et entra dans les cuisines. Le cellérier, homme énigmatique au visage couleur de lame ternie, lui donna une tranche de pain et un petit verre de vin. Puis il lui remit une écuelle pleine d'eau savonneuse et un linge, et lui annonça qu'il aurait trente personnes à servir ce soir-là.

Après avoir mangé, le novice courut se changer. Lorsqu'il revint, une dizaine de moines attendaient déjà en ligne, hommes pâles d'allure fantomatique, la robe troussée pour dégager les pieds. Le novice s'empressa vers le seuil du réfectoire, mais, en longeant la file, il ralentit un peu le pas pour donner à ses frères le loisir d'admirer la modération de sa tenue. Il avait passé ses mains mouillées dans ses cheveux pour les placer d'une manière discrètement jolie. Il avait coupé avec précaution les trois poils qui lui poussaient au menton. Il avait limé ses ongles. Il avait mâché des feuilles de menthe pour avoir bonne haleine. Tout silence, il savourait la devise du Maître, selon laquelle une beauté sans apprêt sied aux hommes.

« Je me suis dépêché de répondre à votre appel et je suis heureux, par cet exercice, d'accroître notre charité mutuelle, déclara-t-il à ses frères. Rien ne m'a retardé, ni la route sablonneuse ni les traîtres bosquets, ni les soins du corps, que je méprise juste assez. Je n'hésiterai pas à vous nettoyer de toute souillure, si vile soit-elle. » Avec un large sourire, le novice s'agenouilla et déploya le linge au-dessus de l'écuelle. Le premier moine y posa le pied en grommelant, visiblement impatient de manger. Aussitôt, le novice prit un visage sévère.

Le deuxième moine ricana, car il était chatouilleux ; le novice l'accompagna d'un rire tonitruant. Quand on lui fit remarquer qu'il avait oublié de la boue entre deux orteils, il acquiesça avec empressement. Quand on ne voulut pas être nettoyé, il acquiesça encore. Et quand ce fut au tour de l'abbé, il lui raconta l'histoire de Narcisse qui, comme lui, se penchait sur l'eau. L'abbé recula de surprise devant cette fable païenne, mais l'ami surgit derrière lui. Posant sa main sur l'épaule du père, il détourna la conversation en lui soumettant un cas difficile qu'il craignait, disait-il, de rencontrer dans ses examens.

Le novice servit le repas avec zèle, sans murmure et sans trop de fatigue. Heureux de la bonne impression qu'il avait produite, il gagna le dortoir à l'heure du coucher. Les moines se mirent au lit en même temps, tout habillés. Comme le voulait la règle, les plus jeunes étaient placés entre deux anciens. Heureusement pour le novice, les moines qui le flanquaient dormaient tous deux sur le côté droit, pour mieux digérer, si bien qu'il serait à l'abri du regard de l'un comme de l'autre pour peu qu'il adoptât la même position. La nuit était tombée, mais une lampe à l'huile brûla dans la grande salle jusqu'à matines. Pendant tout ce temps, le novice lut son *Art d'aimer* sous les draps.

*   *   *

Le lendemain matin, comme la veille, le novice entra dans l'auberge l'air triomphant. L'ami, les lèvres dans sa tasse de lait, avait les yeux cernés.

« J'ai mal dormi, dit-il d'un ton accusateur. Et toi ?

– Moi, il m'est arrivé une chose extraordinaire, juste avant que je me réveille pour matines.

– Ah ? Qu'est-ce que c'était ?

– J'ai rêvé que je me trouvais dans le verger où nous avons étudié hier. J'éprouvais des sensations tout à fait bizarres dans mon corps… Je m'étais transformé en licorne. Peux-tu imaginer ce que ça fait de sentir qu'on a quatre pattes, une fourrure épaisse, une barbiche de bouc et sur le front une corne blanche à la base, noire au milieu et rouge à la pointe, qui s'étire indéfiniment ? »

Le novice se tut, ressentant de nouveau dans son corps, mais comme déformée, l'énergie animale qui l'avait envahi durant son sommeil. Il reprit son récit :

« Au pied d'un pommier plein de fruits, une dame tout habillée de blanc chantonnait. Au début du rêve, je me sentais féroce, j'avais de petites dents aiguës comme des poignards. Mais quand j'ai vu la belle dame, je me suis aussitôt adouci. Mes cuisses se sont tendues, j'ai bondi vers elle et je suis retombé dans son giron. »

À ce souvenir, le novice sentit des larmes lui monter aux yeux. Son ami comprenait-il l'ineffable bonheur qu'il avait connu dans son rêve ? Visiblement pas, puisqu'il le regardait d'un air dubitatif.

« Tu te rappelles bien précisément tes rêves… Moi, je n'ai pas cette chance. Es-tu sûr d'avoir rêvé ? On dirait plutôt une rêverie éveillée…

– Non, c'était un rêve véritable, je te jure, ça s'est produit sans que je le veuille, plaida le novice.

– Bien, bien, je te crois. Et qui était-elle, cette dame ? Est-ce qu'elle avait un visage ?

– Non, mais je la connaissais quand même.

– Qui était-elle, alors ? »

Le novice jeta un regard défiant à son compagnon.

« *Hélas ! on ne peut sans danger faire à son ami l'éloge de celle qu'on aime*, récita-t-il. Je prendrais trop de risques à te faire des confidences. Souviens-toi d'Apollon Soleil qui dénonça les infidélités d'Aphrodite avec Arès. L'indiscrétion du dieu fougueux qui lançait son charroi à l'assaut du levant coûta cher à la délicieuse déesse.

– Tu parles en charabia ! Et tu prends tes rêves pour des réalités : elle n'existe pas, ta bien-aimée !

– Je suis convaincu que oui.

– Tu me fais peur, je n'aime pas te voir ainsi.

– Eh bien ! tu ne me verras plus ! »

Le novice tourna les talons et franchit d'un bond le petit escalier de l'auberge, pour se retrouver dans la rue sous un ciel gris. Il faisait aussi chaud que le jour précédent, mais l'atmosphère commençait à se charger d'humidité. Le jeune homme s'engageait sur la route qui traversait le village, quand il croisa le forgeron, chargé comme un mulet. « Celui-ci, se dit-il, fait souvent affaire avec le bourgeois. Peut-être sait-il quelque chose à propos de sa femme. » Il aborda en le bénissant le forgeron qui lui rendit son salut d'un signe de tête.

« Ho ! forgeron !

– Hé ! novice !

– Ça va, la famille ?

– Ça va.

– Et votre femme ?

– Ça va.

– Et les affaires, ça va ?

– Ça va, merci.

– Connaissez-vous l'épouse du bourgeois ? »

Le forgeron hésita, surpris par la question.

« Bien sûr, répondit-il avec un air soupçonneux.

– Ah ! Chance inespérée ! L'avez-vous fréquentée beaucoup ?

– Oui, beaucoup.

– Comment est-elle ?

– Elle était très belle, toujours vêtue de blanc. Elle aimait caresser les chats, je me souviens.

– Elle était… ? Elle aimait… ?

– Oui, elle est morte, vous le savez.

– Non, je ne parle pas de cette femme-là, mais de celle qu'il entretient secrètement, qu'il tient dans sa cave à charbon et qui ne voit jamais le soleil.

– Mais oui, moi aussi, c'est d'elle que je parle. Mais cette femme-là est décédée. Le bourgeois vit seul, maintenant, avec ses souvenirs. »

Le novice restait perplexe ; il ne savait s'il devait croire aux propos qu'on venait de lui servir. Pendant qu'il cherchait à mettre de l'ordre dans ses idées, le forgeron, accablé par le poids des deux enclumes qu'il transportait, reprit son chemin. Le novice continua lui aussi à marcher, en quête d'autres renseignements. Sur la grand-place, c'était jour de marché. Parmi le caquet des oies, les cris des marchands et le boucan des caisses entrechoquées, il interrogea plusieurs personnes. Certains lui répondirent avec un regard triste qu'on ne savait pas de quoi il parlait. D'autres lui prirent la main, levèrent les yeux au ciel et se signèrent, lui disant qu'elle était folle, mon pauvre ami. D'autres encore lui jetèrent un regard empreint de pitié et lui dirent qu'il pensait trop. Il rencontra les gardes qui faisaient leur ronde, mais ils ne l'avaient jamais vue. À l'entrée du village, une vieille femme passa son chemin en secouant la tête et en faisant vers lui le signe des cornes.

Déçu par toutes ces vaines investigations, le novice s'arrêta à midi pour se reposer un peu. Il sortit de sous sa robe le saucisson acheté le jour précédent et se mit à le dévorer à belles dents, assis sur un tonneau, à l'angle d'un bâtiment. Tandis qu'il mastiquait, il fouilla dans sa poche et attrapa le livre sur l'amour. La première section indiquait les moyens de séduire la femme aimée, ce qui lui plut beaucoup.

En lisant, le jeune homme se rendit compte qu'il suivait la mauvaise voie s'il voulait vraiment gagner sa dame. Tout d'abord, son apparence trop discrète laissait mal voir l'amour fou qu'il sentait bouillir dans ses reins. Les passants déambulaient devant lui sans le remarquer. Il se dit que son corps devait montrer beaucoup mieux les effets ravageurs de la passion pour mener les badauds à cette constatation inévitable : « Il est amoureux. » Le novice ramassa un peu de neige entassée au pied du tonneau. Il s'en frotta les paupières et la laissa couler sur ses joues. Ses yeux semblaient maintenant emplis de larmes. Celles-ci ne lui venaient pas à commandement, aussi devait-il les feindre : avec elles, on amollirait le diamant. Le novice rabattit également sa bure pour dénuder ses épaules décharnées. Enfin, son mouchoir lui fit office d'écharpe de malade, dont il couvrit ses cheveux.

Il sauta au bas du tonneau et se remit en marche. Ainsi arrangé, il fit se retourner quelques personnes sur son passage. Il savait que son apparence pitoyable démontrait, aux gens qu'il croisait, l'amour le plus sincère, le renoncement absolu, le courage, aussi, de se sacrifier pour celle qu'on aime. Il se dit pourtant que ce n'était là qu'un début et qu'il devait se faire la main à séduire des femmes ordinaires, avant de s'attaquer à plus grande proie. L'amour est une espèce de service militaire, avait-il lu, qui nécessite des exercices quotidiens.

Plein de confiance, le novice se mit en tête de courtiser toutes celles qu'il rencontrerait. Les yeux caves, le teint pâle, la démarche claudicante, il s'approcha de la grosse marchande de poissons qui passait par là et l'accabla de ses attentions. Elle releva ses jupons et pressa le pas. Le novice se lança de même dans le sillage de chaque femme qui eut le malheur de croiser son chemin. En geignant, il caressait le bas de leurs robes et faisait des discours auxquels on ne comprenait rien. Sa maigre silhouette, ses gestes surexcités et vaguement agressifs, la sonorité même des noms qu'il leur jetait au visage – Procné, Polyphème, Hypermnestre –, tout cela effrayait les passantes, qui se sauvaient sans répondre à ses avances. Son cas fut discuté sur la place du marché parmi les villageois. On s'étonna de cet idiot nouveau venu, on suggéra que c'était un fantôme, on crut – et le novice en aurait été flatté – qu'un prince étranger rendu fou par l'amour s'était égaré dans leurs bois. Finalement, on se rangea à l'avis de l'aubergiste et l'on conclut que le village comptait maintenant un philosophe.

Pendant que le commun tergiversait, le novice poursuivait son entreprise de harcèlement. C'est ainsi qu'il se lança à la poursuite d'une litière qui traversait le village au pas de course. Tendue de noir, elle était portée par deux valets en livrée à la mine sombre. Le novice se dit qu'il n'y avait que les dames de haut rang pour se déplacer ainsi et il se mit à trottiner à côté du lit ambulant pour faire la cour à son occupante. Il dut pour cela abandonner quelque peu son attitude d'homme malade, mais il s'imagina que le pittoresque du tableau – un moinillon courant sous un ciel gris – compensait largement la perte. Les deux valets conservèrent leur air imperturbable, tandis que ce jeune malotru courait au même rythme qu'eux en jacassant.

Cela tint de l'exploit que le novice pût courir sur une si grande distance tout en gardant assez de souffle pour discourir des choses de l'amour. La litière sortit du village et suivit un chemin courbe bordé de fossés profonds. Tout ce temps, pas un souffle n'agita les rideaux noirs, pas une parole, pas un froissement de tissu ne laissa deviner une présence sur le brancard. Seuls quelques osselets suspendus à l'un des montants rythmèrent lugubrement la course. Le novice gardait une main enfoncée profondément dans sa poche, de peur d'échapper son *Art d'aimer*. Il complimenta la dame sur sa beauté, loua sa sagesse, sa bienveillance pour les plus humbles d'entre les hommes. On arriva enfin devant la façade d'une riche demeure aux fenêtres en ogive. La litière passa sur le côté du bâtiment et disparut dans une cour. Le novice, quant à lui, s'arrêta devant le seuil. Ne sachant plus où il se trouvait, il prit peur. En reprenant son souffle, il examina les alentours. Il comprit avec une félicité infinie qu'il se trouvait chez le bourgeois.

*   *   *

Il faisait nuit depuis déjà quelques heures et le novice n'était toujours pas revenu. L'ami, attablé à l'auberge, tentait de tuer le temps en révisant son saint Benoît, mais, en réalité, il s'inquiétait terriblement. Il vidait, verre après verre, sa cruche d'eau. Attristé de la dispute qu'ils avaient eue au matin, il éprouvait un certain remords. Si le novice rentrait, il le blâmerait d'avoir ainsi pris la fuite sur un coup de tête, lui expliquant que la chaleur de la passion brûle les esprits et attaque la raison. Il le gronderait gentiment, puis il le prendrait par la main, comme la veille, pour l'emmener au verger. Le novice dirait que le temps ne s'y prête pas, mais ils apporteraient une toile de laine et s'emmitoufleraient dedans pour regarder les étoiles filantes… Mais où était-il donc ?

Sur la table, l'aubergiste avait déposé un panier de ses fameuses « bulles du pape », sorte de biscuit qu'il préparait en soufflant dans une boule de pâte pour former une bulle diaphane dans laquelle il glissait un message disant la bonne aventure. L'ami attrapa distraitement un biscuit et le brisa entre son pouce et son index. La coquille se sépara en deux, un minuscule rouleau de papier en tomba. L'ami lut : « Le Moine Instruction est plus formateur que la Déesse Fesse. » Devant ce mauvais présage, il rangea le papier dans sa poche et s'élança en haut de l'escalier, à la recherche de son camarade.

Il parcourut le village, ses rues et ses ruelles, mais en vain. Il courut quelques heures sous la lune. À bout de souffle, il s'arrêta au milieu d'une place, le dos courbé, les mains appuyées sur les genoux. Il avait abandonné tout espoir de retrouver le novice. Tout à coup, une faible psalmodie se détacha du silence de la nuit. L'ami releva la tête et tendit l'oreille. Intrigué, il chercha à découvrir l'origine du chant.

Il suivit la mélopée, dont le bruit augmentait à mesure qu'il traversait les rues, puis les taillis, puis les bois obscurs. Il parvint ainsi à proximité d'une riche demeure. Il s'approcha avec précaution, en se cachant derrière un bosquet pour épier. Le spectacle qu'il vit l'affligea au plus haut point : son compère était accroupi devant le seuil de la maison, sous une lanterne qui jetait une lumière jaunâtre. Le temps n'était pas à la pluie, mais le ciel suintait, depuis le crépuscule, une humidité diffuse, si bien que les cheveux du jeune homme tombaient en filasse sur ses épaules découvertes. Ramassé en boule, il grelottait, les yeux cernés et le teint blafard. Il chantait à pleins poumons des cantiques qui piquèrent la curiosité de son ami.

Ne voulant s'avancer à découvert et se faire voir avec son compagnon dans une position aussi honteuse, il cherchait la manière de l'aborder sans attirer l'attention, lorsqu'il entendit un grincement provenant de la route. Prestement, il se dirigea vers la source du son et reconnut le boucher, qui transportait des tonneaux dans une charrette. Il sortit de l'ombre et lui demanda ce qu'il fabriquait dans les parages. « Je vais livrer ces tonneaux de salaison au bourgeois, lui répondit le boucher. C'est que, demain, il donnera un grand banquet chez lui. » L'ami feignit l'indifférence et le salua en faisant mine de s'éloigner vers le village. Mais dès que le boucher lui eut tourné le dos, il s'élança vers la charrette, enleva le couvercle d'un des tonneaux, en jeta le contenu par terre et se débarrassa de sa grosse bure pour pouvoir s'introduire à l'intérieur. Un renard bondit hors du bois pour s'emparer en grognant d'un des bacons tombés sur le chemin.

Parvenu à destination, le boucher, ignorant qu'il transportait un passager clandestin, déposa avec peine, le long du mur, tous les tonneaux. Par chance, il plaça juste à côté de la porte celui dans lequel se trouvait l'ami. Celui-ci tendit l'oreille.

Le novice, semblant s'adresser aux habitants de la maison, récitait quantité de louanges à un certain Tristan : « Par respect et par déférence, je cèle le nom de mon aimée au secret de mon âme. Qui pourra dire son vrai nom, qui brisera son secret ? Les murs ont des oreilles, le mari jaloux espionne, et la nommer, c'est la perdre… Jamais je ne prononce les syllabes de son nom et, pour le garder mieux, je ne cesse de le rendre plus obscur par des énigmes. C'est pourquoi je te prête ce surnom, ma dame : permets-moi de te parler comme à un homme. Ah ! mon Tristan ! Ta beauté candide, ta vertu, ta piété, ta pudeur m'émeuvent. Je ne me laisserai arrêter par aucun obstacle. La pusillanimité m'est inconnue, je tuerai le Télémaque en moi. »

Il se mit à crier plus fort, en direction du premier étage : « Vois, mon Tristan, j'accepte sans gémir de m'humilier. J'endure pour toi l'air glacé, l'obscurité et l'inconfort. *Dépouille tout orgueil, si tu veux être aimé longtemps*, dit le Maître, et moi, je me dépouille entièrement. » L'ami entendit alors un bruit de tissu déchiré.

« Ô Tristan, mon Tristan, que tu es sage de me faire languir ainsi. Tu te retires dans l'ombre et n'as d'yeux que pour moi. De l'encoignure d'une fenêtre, tu jettes sur mes excès un regard indulgent. Tu te terres dans l'obscurité pour recevoir comme un hommage mes paroles orange de feu. Ô mon candide, toi magnifique, qui n'accordes pas tes faveurs facilement ! Comme tu sais te faire désirer ! Oui, laisse-moi à la porte, cela m'incline à brûler toujours plus. Et je puis attendre. Oh ! je puis patienter ! Qui persévérera jusqu'à la fin, celui-là sera sauvé ! Je garde le silence dans l'exercice de l'obéissance, dans les choses dures et les contrariétés, au milieu même de toutes sortes d'injures… » La voix s'affaissa en un beuglement incompréhensible.

Malgré sa nudité et le froid de la nuit, l'ami bouillait intérieurement d'entendre débiter autant d'âneries. Il ne pouvait laisser la situation durer plus longtemps sans intervenir. Grattant de ses ongles l'intérieur du tonneau, il accumula dans sa paume une poignée de copeaux qu'il jeta à la tête du novice. Celui-ci sursauta, porta la main à sa nuque et regarda de tous côtés d'un air ébahi en interrogeant : « *Quo vadis ?* Est-ce toi, Seigneur ? » Aussitôt, une longue plainte émana du tonneau, suivie d'un cri de détresse : « *Deus in adjutorium meum intende ; Domine ad adjuvandum me festina !* » Le novice, tout surpris d'entendre un tonneau parler latin, le caressa avec émerveillement. Il bondit toutefois vers l'arrière lorsque l'objet gronda : « Tes bouffonneries, tes paroles oiseuses qui ne sont bonnes qu'à provoquer le rire, nous les condamnons à tout jamais et en tout lieu ! »

Cette déclaration sentencieuse fit frissonner le novice. De plus, la voix caverneuse qui l'avait prononcée ne contribuait pas à le tranquilliser. Il se défendit d'être un bouffon. « Je ne veux pas porter à rire ! protesta-t-il. Oh ! que non ! » Et pourtant, rétorqua le tonneau, il passait sa nuit à croupir sur le seuil d'un digne personnage et à en humilier l'épouse, dont on doutait de l'existence même. Il avait oublié les règles les plus élémentaires de la vie monacale.

Le novice se récria immédiatement. Comment pouvait-on l'accuser aussi injustement ? Il connaissait encore la sainte règle par cœur. « Par cœur », insista-t-il, portant le poing sur sa poitrine. Puis, pour confirmer ses dires, il en cita un passage, l'index levé :

« Saint Benoît dit, par exemple, qu'on peut rencontrer Dieu au cirque, au forum ou à la naumachie d'Auguste.

– Mais non, benêt, tu as encore lu ça dans ton damné Ovide ! »

Une telle familiarité ne fut guère appréciée par le novice. L'ami se repentit de son mouvement d'humeur. Il garda un moment de silence, puis reprit la parole : « Je vois que tu t'écartes dangereusement du droit chemin. Je t'invite à me suivre dans le jardin, derrière la maison. Tu me trouveras au pied d'un grand pin. Là, je saurai te convaincre de la splendeur du véritable amour. » Interloqué, le novice ne bougea pas tandis que le tonneau s'éloignait cahin-caha dans l'obscurité.

La lueur des étoiles n'arrivait pas à percer la noirceur que couvaient les plus basses branches du pin. Le tonneau attendait, inerte, que le novice vînt le rejoindre ; on l'aurait dit privé de tout sentiment. D'un pas prudent, le novice s'approcha. Il ne savait plus très bien s'il avait rêvé et il se disait que, après tout, ce n'était peut-être qu'un tonneau comme les autres. L'objet se mit pourtant à s'animer sitôt qu'il aperçut le jeune homme. Frappant de la panse contre le tronc de l'arbre, il l'interrogea :

« *Quid est ?*

– C'est un pin.

– C'est le symbole de la droiture de l'âme, de laquelle tu t'es écarté, petit âne !

– Ah ! je vous en prie ! Un peu de…

– Silence ! C'est au maître qu'il convient de parler et d'instruire ; se taire et écouter sied au disciple. »

Choqué par cette brusquerie, le novice fit mine de s'en aller, mais le tonneau bondit pour lui couper le chemin. « Je t'en prie, ne pars pas, écoute ce que j'ai à te dire. Regarde autour de toi : la nature n'est-elle pas plus attrayante que les fenêtres du bourgeois ? Qu'aurais-tu à gagner là-bas ? Mais ici… Oh ! la nature entière te donne des indices de la présence de Dieu : les aiguilles du pin symbolisent le nombre infini de ses vertus ; la pluie qui tombe, c'est son pardon qui fond sur nous, pécheurs ; la mousse entre les racines, c'est la patience qu'il espère voir naître en nous… De tous côtés, Dieu te parle, Dieu t'appelle et t'enlace !

– Et pourtant, sur ma couche, la nuit, j'ai cherché Tristan que mon cœur aime. Je me suis levé et j'ai parcouru la ville. Dans les rues et sur les places, j'ai cherché, mais ne l'ai point trouvé !

– C'est que tu cherchais une ombre, une ombre qui te fuyait. Oublie Tristan et tourne-toi vers Dieu, qui te désire, lui, qui se languit de toi comme un époux de son épouse. Laisse-moi te parler avec ses mots d'amour. Ouvre ton cœur et sens-le te convoiter comme une fiancée. »

Dans l'obscurité, le novice s'imagina alors que le tonneau le fixait amoureusement. Il se sentit quelque peu flatté. L'ami, toutefois, avait fermé les yeux ; il se concentrait pour trouver l'inspiration nécessaire. « Ma bien-aimée, je te compare à… à… heu… à un bon vin violet qui marque les lèvres comme il réjouit l'âme. Que tu es belle, ma bien-aimée, que tu es belle ! Ta colonne vertébrale, c'est un cèdre du Liban droit et fort. Tes cinq doigts de pieds sont comme les rubis qui sertissent une couronne. Moi-même, ce n'est pas pour me vanter, mais je suis un palanquin, ma toute belle, sur lequel je t'accueille, avec mes colonnes de marbre rose, mon baldaquin d'or, mon siège de velours. Et parmi les autres jeunes hommes, je suis comme le pommier parmi les arbres d'un verger ; à mon ombre, viens t'asseoir, ma jolie, mon fruit sera doux à ton palais. Toi, tu es un jardin, ma fiancée, mais un jardin bien clos. Vois, pourtant, ton bien-aimé se tient devant ta porte. Voici qu'il guette par la fenêtre, qu'il épie par le treillis. Que je passe la main par la fente de ta porte, et que tes entrailles frémissent pour moi. Que tu m'ouvres en retour et que de tes mains dégoutte la myrrhe, de tes doigts la myrrhe vierge sur la poignée du verrou. J'entre dans ton jardin, je m'y ébats comme un chien fou, je bois mon vin à ta fontaine, je grimpe à l'arbre, te saute dessus et te ravis. Ah ! que je puisse t'introduire dans la maison de mon père, je te ferais goûter de ma liqueur de grenades ! Là, ma toute belle, je t'enseignerais les règles de l'amour juste ! »

Des larmes coulaient sur les joues de l'ami, et jusque sur son torse nu, puis sur son abdomen. Ému par son propre discours, il garda le silence un moment, savourant la beauté de ses paroles, la force enlevante de ses images. Il finit pourtant par s'apercevoir qu'il avait été abandonné. Aventurant sa tête hors du tonneau, il ne vit que la noirceur autour de lui. En colère, il regagna le devant de la demeure et trouva le novice couché en chien de fusil devant la façade. Il lui donna des coups de pied, mais n'obtint en retour qu'une prière ensommeillée : « Je t'en conjure, ne me réveille pas, moi, ta bien-aimée, avant l'heure de mon bon plaisir. » Il eut beau le secouer, lui redonner des coups dans le derrière, rien n'y fit. Attristé, il se débarrassa de son armure de bois et retourna au monastère.

* * *

En grommelant, le bourgeois sortit de chez lui, sans se rendre compte que le corps du novice gisait à côté de sa porte. D'un pas rapide, il prit le chemin du village. Le soleil se levait à peine, une fine brume très poétique rampait à fleur de terre, et les oiseaux chantaient d'un cœur gai. Mais le bourgeois ne remarquait rien de tout cela. De mauvaise humeur, il gagna l'auberge. L'ami s'y trouvait depuis peu. Devant une tasse de tisane, il triturait son saint Benoît, en cornait les pages, lui brisait le dos, à la recherche d'un quelconque secours.

Le bourgeois fit irruption dans la salle et aperçut l'ami. Il lui sauta littéralement dessus. Ses moustaches se hérissaient et frémissaient alors qu'il secouait le moinillon comme un prunier et lui tirait l'oreille. « Je vous apprendrai, petit garnement, à venir chanter des cochonneries sous mes fenêtres, à tenir ma maisonnée éveillée toute la nuit et à vous introduire insidieusement dans mon jardin ! » L'ami ne put protester que par des oh ! et des holà ! L'aubergiste, appuyé contre le cadre de la porte de cuisine, riait à gorge déployée. Lorsque le jeune homme fut assez bousculé, le bourgeois se considéra vengé. Reboutonnant sa veste, il sortit avec superbe, laissant sa victime gisante sur les lattes du plancher.

L'ami posa une main sur le rebord de la table et se hissa péniblement sur ses jambes. L'aubergiste, le sourire aux lèvres, l'aida à s'asseoir. Encore bouleversé, l'ami pleurnichait, comprenant à peine ce qui venait de se produire. Il feuilletait la Règle, demandant à saint Benoît pourquoi il l'avait abandonné. Par hasard, son regard tomba sur le titre du chapitre vingt-huit : *De ceux qui, ayant été souvent corrigés, ne s'amendent pas*. Il ravala un sanglot et reprit quelque peu courage. Que conseillait le Maître dans ce cas ? Il recommandait d'infliger une rude correction, c'est-à-dire de procéder au châtiment des verges, d'en faire subir la meurtrissure aux moines récalcitrants. Ce moyen sembla fort juste à l'ami. Il courut quérir sa verge, cachée dans son lit, et revint à l'auberge attendre le novice, se promettant bien de lui en faire tâter sitôt qu'il reviendrait.

Mais son plan n'était pas destiné à réussir. En effet, dès le petit matin, le novice s'introduisit dans la maison du bourgeois et n'en ressortit que fort tard. Il fut tout d'abord réveillé par une femme de la maison qui, après le départ du bourgeois, ouvrit subrepticement la porte et lui secoua l'épaule. Les yeux encore embués de sommeil, il crut que c'était son ami qui l'appelait ainsi. Puis il vit qu'il s'agissait d'une jeune femme, vêtue d'une simple robe de lin, les cheveux bruns tressés, probablement la servante du logis.

La brunette le fit pénétrer avec prudence dans la maison. Ils montèrent un escalier sur la pointe des pieds puis se barricadèrent dans une minuscule chambre. La femme détaillait l'apprenti moine. Il lui semblait bien fait, et joli garçon. Il lui plut.

« C'est vous qui criiez cette nuit sous nos fenêtres ? Dites donc, vous avez mis le marchand de cordes dans tous ses états ! Qu'est-ce que vous lui vouliez ?

– Je ne lui voulais rien, je voulais voir… Tristan.

– Qui ?

– Tristan, marmonna le novice d'un ton boudeur, en baissant la tête.

– C'est qui celui-là ? »

Le jeune homme ne soufflait mot. Il ne savait plus que dire pour justifier sa présence sans révéler l'objet de ses amours. De son côté, la femme le dévisageait, cherchant à intercepter ses regards, tentant de percer son secret, mais elle aussi restait muette, ne sachant par où commencer pour l'interroger. Un silence tendu grandit ainsi entre eux, jusqu'à ce que le novice murmurât : « Je… C'est… Il s'agit… de votre maîtresse. »

N'était-il pas écrit que se gagner la complicité de la servante pouvait s'avérer utile ? En se confiant à elle, même à contrecœur, le novice espérait qu'elle l'aiderait dans ses desseins. Ayant accès à l'intimité de sa maîtresse, elle pourrait vanter la beauté de l'amant tandis qu'elle lui brosserait les cheveux. Oui, voilà qui était bien calculé. Juste après s'être ouvert à la servante, le novice se félicita chaudement de son initiative. Sa confidence fut cependant reçue avec incrédulité :

« Êtes-vous bien sûr de ce que vous dites ?

– Oui, j'aime votre maîtresse, que le bourgeois garde attachée dans sa cave ! Ne pourriez-vous me ménager une audience auprès d'elle ?

– Ma maîtresse ?… Ah ! je comprends…

– Oui, ne serait-il pas possible de la rencontrer ?

– C'est que… c'est plutôt difficile. En ce moment, on ne peut pas aisément être intime avec elle.

– Que voulez-vous dire ? »

Soudainement, la femme prit un air tragique. Avec des gestes exaltés, elle regarda autour d'elle, alla jeter un coup d'œil derrière la porte et revint coller ses lèvres contre l'oreille du novice. Celui-ci fut fort impressionné par toutes ces manigances. Elle lui murmura :

« J'ai peur, vraiment grand-peur de vous révéler ce que recèle cette maison, ainsi que les secrets mystérieux de ma maîtresse. C'est qu'elle est folle, elle est folle, comprenez-vous, et elle me battrait si elle savait que je divulgue ses diableries. Mais j'ai trop bonne opinion de vous, et le fait qu'on vous ait inculqué le devoir du silence m'incite à tout vous confier. Voyez-vous, ma dame est magicienne. Oui, elle possède des pouvoirs merveilleux, grâce auxquels elle tient sous sa dépendance les éléments et les êtres de la création. Certains matins, elle s'enferme dans sa chambre à coucher. Elle commence par se dévêtir entièrement, puis elle sort plusieurs boîtes d'un coffret. Alors, enlevant le couvercle de l'une d'elles, elle se masse longuement avec un onguent qu'elle en tire, s'enduisant tout entière, depuis les ongles jusqu'au sommet de la tête. Grâce à ces pratiques, elle peut se transformer en tout ce qu'elle désire ; le plus souvent, elle se métamorphose en oiseau, ou en coup de vent. Un instant, elle est ici et hop ! le suivant, elle s'est envolée. Il est fréquent qu'elle disparaisse ainsi, voilà pourquoi on ne peut l'approcher… »

Après un moment, elle ajouta d'un ton mutin :

« Mais aimeriez-vous assister à l'une de ces séances et la voir nue ?

— Ah non ! Ah non ! se récria le novice apeuré. C'est le genre de situation où je me trouverais transformé en baudet, comme dans *L'âne d'or* d'Apulée ! Je ne tiens pas à voir des crins me pousser sur le corps et une énorme queue poilue pendre au bas de mon dos ! J'aurais l'air ridicule !

— Alors, il y a peut-être une autre possibilité, suggéra la femme. Je pourrais tenter de vous introduire au grand banquet qui aura lieu ici, ce soir. Au milieu de la foule, vous ne risquerez pas de faire rire de vous. Et surtout, ma maîtresse s'y manifestera peut-être.

— Quoi ? Un grand banquet ? Mais c'est parfait, ça ! C'est parfait !

— Quoique… je me compromettrais à vous rendre un tel service. Imaginez : un invité clandestin ! Je risquerais de me faire jeter à la porte. Il faudrait qu'on me persuade que c'est aussi dans mon intérêt… »

Le novice ne comprit visiblement pas à quoi rimait ce sous-entendu. Il protesta qu'il était de la plus extrême importance qu'il assistât à la fête. « Oh ! et puis, de toute façon, s'exclama la femme, on ne peut pas vous laisser dans cet état : sale, à moitié nu et complètement trempé. Tenez, laissez-moi vous aider. » Sur ce, elle posa ses mains sur les épaules du novice, qu'elle caressa un moment. Puis elle fit tomber la bure à ses pieds. Ainsi dénudé, le jeune homme fut conduit à un cuvier de bois. « Mettez-vous là-dedans, lui intima-t-elle. Je cours aux cuisines vous chercher de l'eau chaude. »

Recroquevillé au fond de la cuve, le novice réfléchissait. La servante montrait apparemment quelque réticence à l'idée de l'introduire dans la grande salle. Et pourtant, quelle occasion idéale pour approcher la femme qu'il aimait ! Comment la convaincre ? Le Maître parlait de la séduction de la servante comme d'une entreprise hasardeuse : après avoir accordé ses faveurs au novice, elle se montrerait peut-être moins zélée ou bien elle voudrait se le garder pour elle-même et l'empêcher d'atteindre sa patronne. Par contre, le Maître recommandait de se montrer hardi et industrieux dans les affaires de l'amour. Les infidélités pouvaient s'avérer utiles pour rendre l'amie jalouse et attiser ainsi l'ardeur de son cœur. Que faire, mon Dieu, que faire ? Au moment où la servante rentra, portant un chaudron plein d'eau bouillante, le novice se convainquit que, somme toute, il serait plus profitable de s'en faire une alliée.

Aussitôt, ses yeux la lui peignirent comme métamorphosée. La femme versa le contenu fumant du chaudron dans le bassin. Elle fit ensuite mousser un savon blanc entre ses doigts. Tandis qu'elle passait diligemment ses mains sur tout son corps, le novice se mit à bavarder plaisamment ; il se voulait intéressant tout en restant léger et spirituel :

« Vous savez que, comme vous, Briséis lavait tous les jours Achille, sous sa tente ?

– Et Madeleine lavait les pieds du Christ, ajouta-t-elle.

– Ah ! c'est vrai, c'est vrai ! Vous avez parfaitement raison ! En vérité, je vous le dis : votre beauté extérieure reflète la qualité de votre âme ! »

La femme éclata de rire. « Comme tu es mignon ! » s'exclama-t-elle. Puis elle déposa un baiser sur sa poitrine. La conversation piétinait, le novice doutait qu'il fût sur la bonne voie pour séduire la servante. Inquiet, il redoubla d'éloges sur la beauté de ses mains, sur la finesse de ses vêtements, sur la ligne claire de ses omoplates. À chacun de ses compliments, la femme lançait un nouveau rire.

Soudain, saisi d'une inspiration, le novice se leva à demi dans la baignoire et saisit sa robe qui gisait par terre. Il retira d'une poche un bourgeon violet et le tendit à la femme en baissant la tête : « Un cadeau pour vous, non pas somptueux, mais modeste, choisi et offert habilement en gage de mon admiration perpétuelle. » En souriant, la femme coinça le bourgeon dans sa bouche tandis qu'elle dépliait une large serviette blanche pour accueillir le jeune homme. Celui-ci ne sentait pas que ses affaires avançaient. « Que vais-je faire, se demandait-il, si je n'arrive pas à me faire admettre au banquet ? »

Tandis que la femme l'épongeait consciencieusement, le novice s'encourageait en secret à oser quelque manœuvre. C'est au moment où elle le coucha sur le sol et s'assit sur lui en retirant sa robe qu'il se résolut à lui baiser la main. Il se félicita de son impétuosité ; manifestement son stratagème avait été efficace, puisque la brune, en retour, se jeta sur lui et appliqua un baiser goulu sur sa bouche. Ils s'adonnèrent ainsi de longues heures aux plaisirs de Vénus. Pétri des enseignements d'Ovide, le novice voulut ne pas filer trop vite vers le terme de la volupté et l'atteindre en même temps que la servante. Malheureusement, il déploya à plusieurs reprises plus de voiles que son amie et la laissa en arrière. À chaque fois, elle éclatait de rire.

Un tintamarre provenant de l'étage inférieur les réveilla : des éclats de voix, des bruits de vaisselle, des pattes de chaises claquant sur le plancher. Ils se rhabillèrent en vitesse et la femme conduisit le novice à un étroit escalier en colimaçon, qu'ils descendirent. Puis elle écarta une tenture et poussa le jeune homme. Une lumière intense l'éblouit aussitôt. Lorsque sa vue revint, il constata qu'il se trouvait au bout de la dernière table. À l'avant de la salle, le bourgeois trônait, la table de bois massif ployant sous le poids des victuailles. Le banquet semblait entamé depuis un bon moment déjà.

Le bourgeois n'avait rien négligé pour faire de cette réception une fête grandiose. Des milliers de chandelles brillaient un peu partout dans la salle. Celle-ci débordait d'invités, revêtus de parures multicolores. Les manches de pourpoint bleues ou rouges enlaçaient les surcots verts ou jaunes. Les poulaines à longue pointe relevée crissaient sur le plancher lorsque les convives se passaient des pots de verre débordant de roses épineuses, qu'ils se jetaient à la tête en riant. On lançait des cris d'une table à l'autre. Et au-dessus de ce brouhaha, de cette mer de couleurs, des chaperons d'homme s'élevaient haut comme des tours, des tourets orfévrés glissaient tels de souples brigantins.

Parmi cette foule bigarrée, pourtant, le novice se sentait seul au monde. Personne là qu'il connût, ni son ami ni la servante qui l'avait accueilli dans la demeure. Il n'était de toute façon préoccupé que de la présence de sa dame. Il ne l'apercevait pas. Ses membres frémissaient de manière incontrôlable, une sueur froide coulait à grosses gouttes de ses aisselles, tant l'idée de rencontrer son amour le terrifiait. Toutes ces gens n'étaient rien pour lui, que des arbres muets derrière lesquels il guettait l'arrivée de sa maîtresse. Des bouffées de chaleur emplissaient sa robe. La tête lui tournait sous le coup de l'ivresse. Il sentait, répandue partout dans la pièce, la présence, diffuse mais certaine, de la femme qu'il aimait. Sa dame épiait, quelque part autour de lui, attendant qu'il fasse ses preuves, qu'il se montre un soupirant modèle. Elle flottait, parfum mystique ; il la humait avec extase. Mais où étaient ses bras ? où, ses jambes ? où, ses courbes harmonieuses ?

Ô la divine ! Elle savait que l'attente augmentait son prix ! Derrière une porte ou depuis une ouverture dérobée, elle surveillait la fête jusqu'au moment voulu. « Quand elle apparaîtra, se disait le novice, la lumière mourante des chandelles lui donnera une aura enchanteresse ! Quel sens du décorum ! » Son siège l'attendait déjà, à côté de celui de son mari. Il était vide, uniquement recouvert de toiles noires. Sur la table devant sa place, rien n'était posé, ce qui ravit le novice : cela indiquait qu'elle jeûnait par tempérance et que, de plus, elle refusait, par amour pour son jeune amant, de partager les mets de son époux. La petitesse de sa chaise lui indiquait qu'elle était de faible taille, mais qu'elle voulait paraître plus grande. Et les tissus sombres montraient qu'elle savait mettre en valeur son teint pâle. Quelle maîtresse parfaite, elle qui parvenait ainsi à souligner subtilement ses qualités. Derrière le siège vide, le novice aperçut un luth suspendu au mur : comble de perfection, cette dame accomplie connaissait la musique !

Tant d'attraits séduisaient le novice, mais l'intimidaient encore plus. Parvenu aussi près du but, son courage s'émoussait. Du fin fond de la salle de banquet, il ne savait que faire pour briller, maintenant plus que jamais, de tous ses feux. Il repensa aux bons préceptes de son *Art d'aimer*, qui l'avaient mené jusque-là, et il se persuada que, une fois encore, il devait s'y fier.

Il tenait pour certain que Dieu le voyait ; n'était-ce pas écrit ? Le Seigneur planait au-dessus de lui, il connaissait ses pensées intimes et le nombre de ses cheveux. Car ses yeux observent les chemins de l'homme et surveillent tous ses sentiers. Il l'engageait, le novice le savait, à trouver la joie avec une biche aimable. Et dans cette entreprise, il vomissait les tièdes. Le novice ne voulait pas se montrer faible ou pusillanime sous le regard du Seigneur. Il faut brusquer les choses, avait-il appris : *Si tu as de la voix, chante ; si tes bras sont gracieux, danse ; si tu as d'autres moyens de plaire, plais.*

C'est donc d'un pas ferme et décidé qu'il longea le long mur de la salle pour s'approcher de la table où siégeait le marchand de cordes. Celui-ci vantait la supériorité de la corde de soie sur celle de chanvre :

« C'est plus doux pour la gorge, commentait-il d'un gros rire.

– Bien vrai, allez ! ajouta le novice avec un large sourire. »

Le jeune homme s'était glissé derrière le bourgeois et avait chaleureusement abattu la main sur son épaule. Le bourgeois sursauta, se retourna et détailla le moinillon d'un air défiant. Préférant l'ignorer plutôt que de gâcher sa soirée en lui faisant un mauvais parti, il continua à parler. Le novice laissa sa main sur la forte épaule. À chaque affirmation du bourgeois, il hochait la tête. Il écarquillait les yeux ou lui serrait l'épaule en signe d'approbation. Il se livrait à l'assentiment avec le plus de sincérité possible.

Puis soudain, sans crier gare, pris de furie, le novice jeta, dans un boucan terrible, les assiettes sur le plancher, bondit dans les airs et atterrit à pieds joints sur la table. Avec des mouvements enfiévrés, il se lança dans une gaillarde de tous les diables. Bottant les ustensiles, les cuisses de poulet, les quignons de pain, tout ce qui se trouvait sur son chemin, il dansait comme un fou, faisant courber la table sous son poids. Il regardait les convives avec fierté et leur souriait, semblant demander du regard : « Pas mal, hein ? Ça vous épate ? » Débordant d'enthousiasme, il admirait la grâce de chacun de ses pas. Jamais il ne s'était montré aussi leste. Il voyait les convives se murmurer des éloges à l'oreille.

Pour ajouter à son fait d'armes, il entreprit de chanter. Déjà essoufflé à force de se démener aussi artistement, il eut quelque peine à entonner son psaume. Mais en y mettant tout son cœur, il réussit à bramer pour qu'on l'entendît jusqu'au fond de la salle. Pliant et dépliant les bras, levant haut les jambes comme une araignée, portant la tête avec orgueil et s'époumonant pour bien rendre son chant, le novice ne doutait pas d'avoir séduit l'assemblée. Il jubilait. Il croyait en perdre la tête.

Il tomba tout d'un coup au bas de la table. Étourdi par ses acrobaties, il avait perdu l'équilibre. En riant, il se releva et, devant l'émoi général, il rassura l'assistance. Non, il n'avait aucun mal, l'amour lui donnait des ailes, tel le bélier ailé portant Phryxos et Hellé. Puis il tressaillit et se figea. Il venait d'apercevoir, sur la table de sa dame, une petite bague qu'il n'avait pas remarquée d'abord. La courbe pure de l'anneau d'or semblait lui adresser un sourire. Cela signifiait indéniablement l'estime que la dame portait aux efforts de son amant.

Non loin de la bague, le novice découvrit des traces de vin répandu sur la table. Voilà la preuve qu'elle était passée ici avant qu'il n'arrive, pour lui laisser un message secret ! Il se tourna dans toutes les directions, mais sans repérer la silhouette de son aimée. Son regard se porta de nouveau sur la surface souillée. Les lettres formées par les traînées de vin n'étaient pas claires, mais le novice put les décrypter. Elles formaient le mot *bois*. Le bout du *s* arrivait juste au pied d'une coupe de vin.

Cette coupe n'était pas là au début du banquet ! Sa maîtresse l'avait sans doute déposée tandis qu'il dansait. Des traces de lèvres en marquaient encore le rebord. Elle y avait bu et voulait maintenant que son jeune amant y bût aussi, qu'il posât ses lèvres à l'endroit même où elle les avait posées !

Fou de joie, le novice s'empara du verre et le leva. Passant cette fois son bras libre autour des épaules du bourgeois, il proposa un toast : « Bonne santé à celle que j'aime ! Bonne santé à celui qui partage sa couche ! » Les visages dans l'assistance s'assombrirent. Certaines personnes tendirent leur verre comme à contrecœur. D'un sourire chaleureux, le novice encouragea les réticents à participer à sa liesse. Mais avant qu'il n'ait eu le temps de lécher la trace des lèvres de son amante, le bourgeois lui avait tordu le bras. Il l'empoigna violemment par le collet et le reconduisit à l'autre bout de la salle. En grognant, il le précipita sur une chaise, qui bascula sous le choc, avec son occupant. Le jeune homme resta étendu sur le sol jusqu'à ce que son fou rire s'arrêtât. La colère de l'époux prouvait qu'il avait gagné la partie.

Tout au long du banquet, le bourgeois s'enivra horriblement. Il exigea que son verre restât plein en permanence et il battait la personne la plus proche lorsqu'il s'apercevait qu'il lui manquait du vin. « Verre vide, je te plains », hurlait-il en le jetant contre le mur. Le novice, quant à lui, exhibait sa joie. Il regardait avec satisfaction son ennemi se soûler, sachant que c'était là un plan de sa dame pour endormir son mari et venir retrouver son amant plus tard, en secret. Pour sa part, il prenait garde de ne pas boire plus que de raison. Il se targuait intérieurement de ne pas prendre plus qu'une hémine. « Le vin ne convient aucunement aux moines, se répétait-il. L'ivresse fait du tort, elle abaisse les défenses et nous met à la merci des trompeurs. » De même, il ne voulut pas trop manger. Les gens voyaient bien qu'il évitait tout excès, que son cœur ne s'appesantissait pas sous la goinfrerie. Il se contenta de pain et de fruits ; il se gratifia seulement d'un peu de gâteau, pour se constituer des forces en prévision de la nuit qui l'attendait.

La fête continua un moment, puis, après que le bourgeois se fut écroulé, assommé par l'alcool, les invités convinrent de s'en aller. Après s'être essuyé la bouche, ils se levèrent et gagnèrent la sortie d'un même pas. C'est dans cette foule compacte que le novice sut qu'il allait enfin rencontrer sa dame. Il aperçut son ombre derrière une statue. « De là, elle se glissera jusqu'à moi. Enfin, mon amour, je peux te toucher où il me plaît, et toi, mettre tes mains sur mes épaules, sur mon dos, me caresser la nuque ! » Le novice sentit un voile se froisser puis glisser entre ses doigts et il se retrouva seul au dehors. Il cligna des yeux. Il restait immobile devant la maison. Il ne comprenait pas ce qui s'était passé. La porte était close, la lanterne, éteinte. Il frissonna dans l'air glacial de la nuit. Le silence se fit autour de lui, puis il prit la route du village en pleurant.

* * *

Le lendemain matin, lorsque l'aubergiste ouvrit la porte pour faire entrer le soleil, le corps du novice roula, inerte, à ses pieds. Son visage était crispé de douleur, des traces de larmes lui rayaient encore les joues. Le gros homme lui tâta les côtes du bout du pied. Un frisson parcourut le jeune homme. En gémissant, il se releva à moitié et pénétra à quatre pattes dans l'auberge. « Votre ami vous a attendu ici toute la journée d'hier, il espérait vous donner du bâton, dit l'aubergiste d'un air réjoui. Mais il s'est lassé, le pauvre ! Il s'en est retourné au monastère, il a dit qu'il ne voulait plus jamais vous voir. » Le novice haussa les épaules avec indifférence.

Il s'assit sur un banc le long du mur, baissa la tête et resta un long moment dans un état d'apathie. Le sourire de l'aubergiste s'effaça. Il s'approcha du jeune homme et lui mit la main sur l'épaule. « Ça ne va pas ? » Le novice secoua la tête.

« Je ne l'ai pas trouvée hier, au banquet. Pourtant, j'ai fait tout ce qu'il fallait. J'ai essayé de l'évoquer, de la faire venir, mais rien n'a marché.

– Qui donc ?

– Mais, eh bien, la femme du bourgeois, dont vous m'aviez parlé. »

L'aubergiste fixa le jeune homme avec tristesse, puis il disparut dans les cuisines. Il revint avec un petit gâteau aux airelles.

« Vous savez, commença-t-il d'un ton hésitant, heu… cette femme n'était pas là hier soir.

– Comment le savez-vous ?

– C'est que… un des convives me l'a dit. Il l'a vue peu avant le début du banquet. Elle était entourée d'un grand appareil et s'apprêtait à partir.

– Mais pour où ?

– Je vais vous le dire franchement : elle a décidé de se faire croisé et elle est partie combattre en Terre Sainte. J'ai bien peur qu'elle ne revienne jamais plus…

– Ah ! C'est pour ça qu'elle n'y était pas… »

Le novice baissa de nouveau la tête. Il sentit quelque chose dans sa robe. Fouillant dans ses poches, il trouva son livre tant aimé. Il fut sur le point de le jeter au loin, mais l'aubergiste lui saisit le bras et ouvrit le volume au dernier quart. Le titre de cette section que le jeune moine n'avait pas encore remarquée, *Les remèdes à l'amour*, occupait seul la page et semblait le narguer. Pourtant, avec résignation, il commença à lire. Après une courte lecture, il s'arrêta. « Le Maître recommande de s'adonner à l'agriculture, se dit-il à lui-même. Qu'est-ce que j'y connais, moi, à l'agriculture ? »

Alors l'aubergiste lui servit une tisane d'aneth. Puis il lui mit dans la main un petit livre et referma ses doigts dessus. Le novice vit que l'ouvrage s'appelait *Les Géorgiques*.

« Qu'est-ce que c'est que ça ?

– Un ouvrage fort important, mon petit ami. Dans ce livre, Virgile enseigne tous les préceptes essentiels pour cultiver les arbres et la vigne et pour élever le bétail et les abeilles. »

Le visage du novice s'éclaira. Il avala d'un trait sa tisane puis bondit en haut des marches, serrant fort son présent. Le soleil brillait au dehors, il ne restait plus de neige dans les fossés. Les oiseaux gazouillaient. Le novice s'éloigna à pied sur le chemin. Un paysan monté sur un âne lui proposa de le prendre en croupe. Il refusa. Il lisait son livre avec passion.

.

Les Météores

Une ascension interminable, voilà tout ce qu'il se rappelait. La nacelle s'était balancée dans l'espace infini, le vent avait sifflé dans ses oreilles. Il ne se souvenait ni de la personne qui l'y avait placé ni des gens qui l'avaient recueilli en haut. Il y avait eu un ciel bleu, cela avait été la matinée, croyait-il. Le vent s'était rafraîchi à mesure qu'il avait monté. Assis tout penaud au fond du panier, il en avait agrippé avec terreur le rebord rugueux. La corde qui l'avait tracté s'élançait haut dans les airs, pour aboutir à un petit point noir. Il savait maintenant que c'était la tour qui, en surplomb, renfermait le treuil qui l'avait hissé. Mais il ne croyait pas l'avoir su à l'époque.

La montée en nacelle constituait son plus ancien souvenir. Encore aujourd'hui, ce souvenir éveillait en lui des sentiments contradictoires : l'enthousiasme de l'élévation et la peur du vide. Mais il s'était habitué au vide, à le contempler chaque jour, à en ressentir le vertige. Lentement, il s'était adapté à ce monastère étrange, perché tout au sommet d'un grand piton rocheux. Sa vie se déroulait ainsi, suspendue dans les airs.

Dès son arrivée, il avait dû se familiariser avec le train particulier qu'on y menait, si bien qu'il ne prêtait presque plus attention aux conditions qui étiolaient sa vie : la saleté partout, la poussière qui provoquait des éternuements incessants, l'humidité qui faisait fleurir la moisissure dans les coins.

Il avait même fini par oublier qu'il mangeait mal. Cela faisait maintenant partie de ses habitudes de s'attabler trois fois par jour pour consommer les victuailles que, comme lui jadis, on hissait à l'aide de la nacelle : fromage moisi, viande avariée, légumes aqueux. Il avalait sans se poser de question, satisfait d'avaler quelque chose. De même, il ne lui semblait plus étrange de s'habiller selon la sainte règle de ce lieu. Les pieds dans des sandales, il se revêtait de peaux ou de fourrures d'animaux, en signe d'humilité. Ces vêtements avaient été placés dans son coffre depuis… sûrement avant sa naissance. Ils avaient appartenu avant lui à des moines plus âgés. On trouvait là une peau de chien, une fourrure de bouc, une de bélier et un cuir de cheval. Chaque matin, il jetait un froc sur ses épaules et nouait une corde autour de sa taille.

La règle du silence, cependant, lui pesait encore. Le père abbé se chargeait de maintenir la discipline et de faire respecter cette règle partout dans le monastère. Il ne s'agissait pas de ne rien dire du tout, ce n'était pas du mutisme. Il s'agissait simplement de dire le minimum : « Où est le père abbé ? – À l'oratoire. » Cette façon de faire ne lui convenait pas. Sans doute y aurait-il eu des centaines d'histoires à raconter, de rires à échanger. Ce vide immense, qui isolait non seulement le monastère au sommet de son éperon, mais aussi les gens qui l'habitaient, indisposait le jeune homme. Au cours de ses promenades, il se contentait de saluer les autres moines au passage, d'un hochement de tête et d'un demi-sourire. Mais il aurait voulu s'asseoir sur un banc et troquer confidence pour confidence, aveu pour aveu.

Ce jour-là, le jeune moine emprunta un livre à la bibliothèque. Sexte n'était pas encore récitée, la faim le tenaillait. Pour patienter, il décida, comme à son habitude, d'aller lire. Sur son passage, il fut salué par le seul arbre du lieu, placé au centre du monastère, qui agita ses branches encore maigres. Puis, il croisa un moine et inclina la tête. L'autre émit un grognement et passa son chemin. Le jeune moine parvint à son muret préféré. À cet endroit, l'enceinte basse qui encerclait l'abbaye s'était écroulée, formant une dépression dans laquelle le jeune moine pouvait se caler. Le dos rond, il côtoyait l'immensité. Un instant de maladresse et il aurait roulé quelques secondes le long de l'escarpement avant de se perdre dans le néant. Sous lui s'étendaient de vastes plaines fertiles. Des pousses vert tendre bercées par le vent saillaient dans les champs, et le soleil, presque au zénith, brillait de tous ses feux. Le jeune moine aimait regarder la campagne pour se distraire, quand la lecture finissait par le lasser.

Pourtant, cette fois, il eut à peine le temps d'ouvrir son livre. Alors qu'il jetait un œil distrait en contrebas, le monde entier bascula, les herbes s'arrêtèrent de bouger et il se sentit transpercé de part en part. Une silhouette minuscule, dans la plaine, venait soudain de prendre à ses yeux un relief bouleversant. Il ne sut jamais très bien ce qui se passa. Pourquoi celle-ci, parmi toutes les autres, pourquoi à ce moment précis, et pas avant ? Peut-être qu'un rayon du soleil, particulièrement puissant, ricocha sur elle, lui entra par les yeux et fila droit à son cœur. Peut-être aussi que la flèche fut tirée directement du cœur de la belle au moment où il jetait par hasard un regard sur elle. Peu importe, il aperçut la jeune femme et sa beauté le séduisit instantanément.

L'amour du jeune moine n'eut pas le temps de bourgeonner : il éclata aussitôt qu'il naquit. Il se manifesta sur-le-champ par toutes sortes de signes extérieurs : le nouvel amoureux devint verdâtre, il eut mal au ventre, il trembla et faillit tomber. Il rangea prestement le petit livre dans la poche de sa peau d'animal et sauta derrière le muret. Sa peur était ridicule, mais il craignait que la jeune fille ne le vît, d'en bas. Il la regardait évoluer à travers champs. Petit point noir, elle glissait gracieusement contre le fond uni de la campagne. Lui, il ne pouvait détacher son regard de ses tournoiements de luciole.

Il resta longtemps blotti derrière son mur. La cloche qui l'appela à la prière ne le détourna pas de son guet, pas plus que la faim. Il observa la jeune fille jusqu'à ce que, finalement, elle rentrât dans sa maison, que le point noir fût avalé par le carré beige. Alors, tout étourdi, il se releva. Son premier mouvement fut de gagner sa chambre. En marchant, il regarda ses bras nus baller sous la peau de bouc qui les recouvrait. « Est-ce que ce sont mes bras ? » se demanda-t-il. Son corps ne lui paraissait plus sien, il ne savait même plus s'il était la même personne qu'au matin. Il se sentait à la fois comme un esprit nouveau apparu dans le même vieux corps et comme un corps renouvelé, aux proportions étranges, auquel son vieil esprit devait à présent s'adapter. Une lumière intense l'enrobait et faussait sa perception. Il constata avec amusement que les bourgeons de l'arbre solitaire avaient une grosseur démesurée. À la vue d'un moine au regard sévère, il effaça au dernier instant le sourire niais qui fleurissait sur son visage.

À l'approche de sa chambre, toutefois, son excitation s'atténua et les anciens réflexes reprirent un moment le dessus. Ses muscles se tendirent, sa respiration se fit superficielle. Avec appréhension, il tendit l'oreille en ouvrant la porte. Il fut surpris de n'entendre aucun son. Il retint son souffle, pour s'en assurer. En effet, aucun bruit. Un rire chatouilla son ventre. Le jeune moine relâcha lentement l'air retenu dans ses poumons.

Soulagé, il referma la porte et s'y adossa, de nouveau tout à son amour. Il contempla l'espace de sa chambre. Un point apparut devant ses yeux et dansa dans l'air avec des soubresauts. La tache d'ombre s'éclaircit et le visage de la jeune femme apparut. Elle rentra avec pudeur son menton dans son cou et lui décocha un sourire en coin. Le jeune moine resta ainsi un long moment. Puis il courut à la fenêtre, y passa la tête, mais, même en tordant le cou, il ne put apercevoir la ferme de la jeune fille. Il décida d'enlever son vêtement; il lui arrivait souvent de se déshabiller lorsqu'il se trouvait seul dans la pièce, pour jouir de sa liberté. La cellule n'était pas bien grande. La fenêtre donnait sur un segment du ciel. En guise de meubles, on n'y trouvait qu'un lit trop court qui craquait affreusement et un coffre à couvercle plat et aux ferrures rouillées. Les murs, jadis blanchis à la chaux, étaient à présent zébrés de salissures.

Le jeune moine retira sa peau de bête et, d'un geste ample, l'abattit sur le coffre. Un heurt le fit sursauter. Il se rappela soudain le livre qu'il n'avait pas eu le temps d'entamer. Revenu un peu à ses esprits, il se dit fort raisonnablement que, s'il ne voulait pas mourir d'excitation, il devait s'adonner à quelque activité plus paisible et plus rassise, autre que cette pure adoration. Pourtant, il ne put retenir quelques pas de danse au milieu de sa chambre. L'air caressa sa peau alors qu'il bondissait sur le sol de pierre. Son sexe se balançait comme un fruit mûr entre ses jambes. Il gigota jusqu'à ce que l'essoufflement l'obligeât à prendre une pause. Ses poumons émirent un râle, puis un goût âcre envahit sa bouche. « C'est l'amertume des pieuses études qui me rappelle à la réalité, se dit-il. Mais qu'elle est belle ! Comment se fait-il que je ne l'aie pas vue auparavant ? » Plus il tentait de chasser de son esprit les traits de la jeune fille, plus ceux-ci revenaient le hanter et provoquaient chez lui un rire stupide et béat.

Le livre à la main, il se jeta dans son lit. Il étendit la couverture sur sa tête. Rapidement, la chaleur de son corps envahit sa caverne de toile. La sueur se mit à perler sous ses bras. De l'autre côté, il y avait l'univers infini, les oiseaux qui volaient dans le ciel, les étoiles qui tournoyaient et, quelque part là-bas, un point noir juste pour lui. « Allons ! du sérieux ! se dit-il. Il faut que je me concentre. » Un vélin rouge sombre parait la couverture du livre. Le nom PETRARCA s'étalait en lettres d'or. « Dans l'air immobile des études silencieuses… », commença-t-il à réciter.

Mais ses sourcils se froncèrent. Il remarqua, dès la première page, des lettres cursives qui ornaient la marge. Leur présence l'importuna, à tel point que l'image de sa belle s'éclipsa. Quand il se rendait à la bibliothèque, il avait l'habitude d'examiner chaque livre qui l'intéressait, avant de l'emprunter : il détestait que quelqu'un l'eût annoté. Il ne comprenait pas pourquoi la règle du silence ne s'appliquait pas aussi aux livres : si l'on ne devait pas se parler, pourquoi pouvait-on se permettre de gribouiller dans tous les ouvrages ? Pourquoi était-il toléré que tout un chacun étalât ses remarques dans les espaces blancs ? S'ils voulaient s'exprimer, ils n'avaient qu'à écrire eux-mêmes des livres, à remplir les lignes prescrites. Le jeune moine considérait comme une insulte le fait que ses marges eussent été envahies par l'écriture.

Un moment, il pensa à rapporter le livre. Mais il aurait fallu se rhabiller, sortir. Il aurait fallu passer près du muret. Son cœur se mit à battre tout d'un coup. Il aurait risqué de revoir son amour, de manquer de souffle, de tomber dans le vide étourdissant. Il eut peur, il préféra rester sous sa couverture.

Soudain, un coup brutal fut frappé sur l'une des cloisons. Le jeune moine sursauta, son pouls s'accéléra. Il soupira : « Pas encore ! Ça recommence… » Toutes sortes de bruits de meubles lui parvinrent alors de derrière le mur : craquements, grincements, heurts contre la paroi. Cela dura un moment. Succéda à ce tapage une mélodie discordante, qui commença tout doucement puis enfla. On la jouait sur un psaltérion, dont les spasmes graves des gros boyaux s'accouplaient péniblement avec les pincements suraigus des petites cordes. Le jeune moine poussa un soupir d'exapération et tenta de se concentrer sur sa lecture. Mais rapidement, ses pensées dérivèrent. Il se mit à se répéter le discours qu'il rêvait inlassablement de servir à son voisin : « Écoutez, voilà une éternité que j'endure ce raffut, à toute heure du jour et de la nuit. Alors, désormais, j'exige que cela cesse, sinon… » C'est toujours à cet endroit que son laïus achoppait. La sueur lui couvrait le corps. Il remua d'un côté et de l'autre, plein de colère. Pourquoi celui-là avait-il le droit de faire tout le boucan qu'il voulait ? Pourquoi la chambre du père abbé se trouvait-elle juste à côté de la sienne ?

Comme il en avait l'habitude, il se plongea dans la lecture pour se détourner du vacarme qui sévissait de l'autre côté du mur. Il prit une profonde inspiration, puis une autre, puis une autre et, petit à petit, à l'abri sous son drap, il parvint à oublier le bruit. Il transforma son lit en un oratoire silencieux. De plus en plus apaisé, tournant page après page, il parvint à parcourir la moitié du livre. Ce qu'il lisait le ravissait. Mais un bruit particulièrement brusque l'obligea à lever la tête et lui fit perdre le fil de sa lecture. Il se frotta les paupières en signe de désespoir. « Allons, encore dix pages, puis, de toute façon, ce sera le repas du soir. »

Malheureusement pour lui, ses yeux, en voulant se poser de nouveau sur la feuille, manquèrent leur cible et tombèrent sur l'une des notes en marge, qu'il avait jusque-là réussi à éviter. Distraitement, il la parcourut. Ses lèvres esquissèrent une moue. Il la relut, puis se reporta, dans le texte de Pétrarque, au passage concerné. Ses sourcils se haussèrent. Il ne l'avait pas compris ainsi. Il médita un moment et dut admettre que l'annotation était fort intéressante. Reprenant son livre au début, il se remit systématiquement à tourner les pages, cette fois en ne décryptant que les signes tracés en bordure. Il les suivait du bout de l'index, glissant parfois celui-ci jusque dans le corps du texte, puis revenant souligner chacune des lettres manuscrites.

À chaque bloc de commentaire qu'il déchiffrait, il avait envie de pleurer de joie. Quelle pénétration d'esprit ! Quelle beauté dans l'élocution ! Une curiosité aiguë le poussa à dévorer l'ouvrage. Il ne se souvenait même plus du sujet du livre : tout ce qui l'intéressait était ce que le mystérieux scribe avait de nouveau à lui apprendre. Chaque glose qu'il découvrait devenait une promesse de musique céleste. Qu'avait-il écrit ici ? Quelle idée lumineuse révélait-il là ? Et chaque fois, muet d'admiration, il ne pouvait que secouer la tête. Transporté d'enthousiasme, le jeune moine laissa monter une prière dédiée à celui qui avait tracé ces lignes. Il le remercia du don magnifique qu'il lui faisait. Longtemps avant sa naissance, sa main anonyme avait enfermé dans ce livre des perles de sagesse, et c'est à lui que revenait aujourd'hui le privilège de mettre au jour ce trésor.

Un bruit de porte claquée le ramena à la réalité. Il s'aperçut que, sous sa couverture, la lumière avait baissé. Un autre coup de porte ébranla les murs, en même temps que la cloche de l'église l'appelait à vêpres. Avec un long soupir, il émergea de son abri de toile. L'air frais de la chambre le fit grelotter. Il sauta hors de son lit et courut chercher la peau d'animal qui gisait sur le coffre. Puis, il reprit son livre, en caressa le cuir et déposa un baiser sur le dessus.

En sortant de sa chambre, il se crispa. Du coin de l'œil, il aperçut la silhouette du père abbé, adossé contre le chambranle de sa porte. Il se retourna pour le saluer. Seul le côté de son visage se découpait dans l'ombre, le reste du corps était plongé dans l'obscurité. Sa voix surgit des ténèbres : « Que faisiez-vous, mon fils ? » Le père abbé laissa le jeune homme rougir un peu, puis il ajouta : « Vous serez en retard pour la messe. » Le jeune moine n'osa pas rétorquer et pressa le pas, irrité. Au-dessus des bâtiments, le ciel se teintait de rose et de bleu. On voyait encore le soleil, luminescent, avec les contours flous. L'ombre d'un moine faisait le dos rond, penchée sur la manivelle qui halait le panier plein des vivres du repas. Le jeune moine piqua à travers le jardin au milieu du monastère. Un détail de l'arbre attira son regard. « Bizarre… », se dit-il en approchant le nez des branches. Tous les bourgeons étaient rouges, d'un rouge profond parcouru de veines orange. « Ils sont verts, d'habitude. Je crois… » Intrigué par cette couleur, le jeune moine poursuivit en silence son chemin jusqu'à l'église.

*   *   *

Aussitôt que l'occasion se présentait, entre les offices, le jeune homme retournait à son muret. Il s'était résigné au fait d'être follement amoureux, il s'en délectait maintenant. Restant discret pour ne pas attirer l'attention des autres moines, il prenait prétexte de ses promenades et de ses lectures pour passer souvent devant son observatoire et tenter d'apercevoir la jeune fille. « Oh ! Et puis, dans ma chambre, c'est infernal. » Alors, il s'asseyait crânement, tournant le dos au monastère. « De toute façon, s'encourageait-il, personne ne peut me demander ce que je fabrique là : ils n'ont pas le droit de parler. »

51

Il ne craignait plus qu'on le vît d'en bas. Il pouvait rester assis des heures au soleil, à attendre qu'elle sorte de chez elle. Plus le printemps avançait, plus les rayons de l'astre se réchauffaient et plus il devenait agréable de se faire dorer longtemps. Le jeune moine aurait pu dessiner de mémoire la maison de la jeune fille, tant il l'avait observée. Deux étages, six buissons le long de l'allée, trois fenêtres à l'étage. Son cœur se mettait à battre plus fort chaque fois que la ligne grise de la porte s'ouvrait pour livrer passage à l'un des habitants. Parfois, ce n'était que des serviteurs, mais, quand il s'agissait de son aimée, il la reconnaissait tout de suite. « Amusant, tout de même, qu'elle soit si loin et que je la voie si clairement. » En effet, de son perchoir, il lui semblait qu'il pouvait la scruter comme si elle se fût trouvée à quelques pas de lui.

Ses sourcils noirs devenaient presque bleus dans la lumière de midi. Elle avait un nez très pointu, en triangle, un grain de beauté sur la joue gauche et une large bouche rose. Sa tête était couverte d'une cascade de cheveux noirs, qu'elle remontait en chignon lorsque la chaleur l'accablait. La sueur, alors, coulait librement sur ses tempes, jusque sous son menton. Au début, la précision de ces détails avait ébahi le jeune homme. Il avait quelquefois secoué la tête et esquissé un sourire, incrédule. Puis il s'était habitué au fait de connaître avec autant d'acuité la physionomie de son aimée. « C'est mon imagination qui travaille, s'avouait-il. Il y a là plus de rêverie que de réalité. » Il ne s'en portait pas plus mal et décida donc de s'y adonner sans vergogne.

Elle sortait le plus souvent pour aller ramasser les œufs au poulailler ou puiser de l'eau ; dans ce cas, elle retroussait ses manches, et ses avant-bras luisaient au soleil. Parfois, la houlette à la main, elle menait paître son troupeau, nuée blanche entourant un noyau foncé. Quand la journée était chaude, la jeune fille apportait un panier de nourriture et s'asseyait à l'ombre d'un arbre l'après-midi entière. Ces rares journées comblaient le jeune moine. Lorsqu'il la regardait appuyer sa tête contre le tronc et entrouvrir ses lèvres, il aurait juré l'entendre chanter.

« Dieu est amour… », se répétait-il machinalement durant ses longues heures de guet. À présent, il comprenait pleinement ce qu'on lui racontait pendant la messe. Il comprenait ce qu'on voulait dire à propos de Dieu qui aimait ses créatures : il en avait besoin, de cet amour, pour se sentir exister. Sans un objet à entourer de son affection, il n'était rien qu'un fantôme et sa Parole, inutile, ne trouvait aucun auditeur. Mais avec tous ces hommes qu'il contemplait sous lui, Dieu trouvait un sens à son existence : il les regardait marcher dans le désert, il leur jetait de la nourriture, il se réjouissait qu'ils eussent de l'eau en abondance. Par son amour, qui le faisait sortir de chez lui, Dieu était. Même dans son lit, supposait le jeune moine, Dieu rêvait à ses créatures.

Au début, il se contenta d'admirer la jeune fille. Sans se lasser, il restait assis des heures à détailler chaque pli de sa robe, chaque ombre sur son visage. Le seul spectacle de sa danse à travers les champs suffisait à le rendre parfaitement heureux. Il fixait ses gambades dans la plaine aussi intensément qu'on fixe une flamme.

Puis vint un moment où il se demanda comment il pourrait la rencontrer. Elle était si lointaine ! Il ne pouvait pas crier de l'endroit où il se postait, tout le monde l'entendrait. Il ne pouvait pas lui lancer un message écrit, le papier se perdrait dans les courants d'air. Et il ne pouvait pas non plus descendre le long de la paroi, encore moins se jeter en bas. Finalement, il dut admettre l'impossibilité de la tâche.

À partir de ce moment, l'amour du jeune moine gagna en ardeur, mais perdit en sérénité. Avec tristesse, son regard dérivait de plus en plus souvent vers les monastères avoisinants : tout autour de lui, près d'une soixantaine de tours s'élevaient dans les airs, pour pousser vers le ciel quelques bâtiments ternes. Ces masses sombres, comme celle au sommet de laquelle il vivait, surplombaient la campagne environnante. Leurs formes fantastiques, d'un ton gris éléphant, se découpaient au-dessus de la vallée, où elles projetaient leurs ombres. Cette colonnade cyclopéenne était peuplée de créatures pitoyables comme lui. Tant d'autres, habitant ces édifices poussiéreux, suspendus eux aussi dans les airs, privés de tout contact avec le ciel comme avec la terre ferme.

Pourquoi voulait-on louer Dieu en l'appelant « le Très-Haut » ? La hauteur n'était nullement un signe de dignité, comme on avait l'habitude de le croire. « Plus près de toi, mon Dieu… Peuh ! La hauteur rend misérable. » Voilà ce que le jeune moine comprenait à présent. Plus on est élevé, plus on est éloigné de ceux que l'on aime. À mesure que la domination augmente, la distance grandit, jusqu'à ce qu'on se retrouve dans la situation paradoxale de celui qui règne sur tout, mais qui n'a de contact avec rien. Il ne peut pas agir, rien toucher, parler à personne. « Une étoile amoureuse d'un ver de terre », murmura le jeune moine pour lui-même. Il se demanda d'où lui venait cette image ; sans doute de l'une des notes en marge de son Pétrarque. Perché au sommet de son piton rocheux, il voyait maintenant son état d'amoureux non pas comme une raison de s'enorgueillir, mais comme la confirmation amère de la solitude qui avait toujours été sienne.

Un coup de vent ébouriffa ses cheveux. Il ramena ses pieds pendants et s'assit en tailleur au bord du muret. La jeune fille continuait à courir, à chanter, à mener son troupeau en ignorant tout de son existence, lui qui, pourtant, trônait au-dessus d'elle. Le jeune moine se mit à éprouver un sentiment de pitié à l'égard de Dieu. Il comprit l'amour intense qu'il devait éprouver pour ses créatures, il comprit aussi à quel point Dieu pouvait se désoler de voir des impies et des païens l'ignorer. Impuissant, il n'arrivait pas à attirer leur attention et, en même temps, ses regards suivaient leurs moindres gestes.

« Je n'ai jamais choisi de vivre ici », gémit piteusement le jeune moine. Comme il était malheureux ! Il aurait tant voulu quitter son monastère… Les paumes appuyées sur les briques, il eut envie de se précipiter en bas. « Peut-être que pendant le bref instant où, comme une météorite, je traverserai le ciel, elle m'apercevra enfin ! » Plus que jamais, il se mit à détester les autres moines, ses frères, à qui le liaient les chaînes du silence. Tous vieux, laids et méprisants. Tous des spectres hagards, aux idées médiocres, indifférents à sa présence. Les bâtiments qui l'entouraient lui faisaient l'effet d'une prison. Il aurait voulu quitter à jamais sa chambre atrocement bruyante et descendre pour se mêler aux hommes. Il aurait pu alors connaître des manières de vivre plus exaltantes que la simple succession des offices. Il aurait pu apprendre ce que c'est de serrer chaudement des mains, de se donner des claques dans le dos, de rire avec d'autres. Il aurait découvert ce qu'on se confie entre compères.

Tout à ses pensées, le jeune moine n'avait pas remarqué que le père abbé se tenait derrière lui. Il faillit tomber lorsque sa voix profonde jaillit de nulle part. « Elle est belle », dit-il sans intonation, ne laissant rien deviner de ses intentions. Le jeune moine, les épaules raidies, ne se retourna pas et ne répondit rien. L'odeur de la peau de chien qui couvrait l'abbé lui levait le cœur. Il perçut le bruit des mouches qui voletaient autour d'eux. « Vous savez, mon fils, que c'est elle qui vient porter notre nourriture ? » Même si aucune réaction ne transparut à la surface de son corps, le jeune moine sentit son cœur lui marteler la poitrine. « Oui, continua le père abbé, elle vient, chaque jour, déposer notre nourriture dans le panier, en bas. Ce sont ses doigts qui ont cueilli les légumes, puisé l'eau, touché la viande… » Le père abbé s'éloigna et, dans son sillage, deux frères se prosternèrent, le front plus bas que les genoux.

En s'éveillant de sa stupeur, le jeune moine s'aperçut qu'il faisait nuit. Les complies devaient être dites depuis longtemps, il allait encourir un blâme. Un bourdonnement hantait encore ses oreilles. Son esprit tentait d'apprivoiser ce fait incroyable : il avait avalé des morceaux qu'elle avait touchés, qui portaient peut-être encore, au moment où il les avait mis sur sa langue, les sillons de ses empreintes. Il s'apercevait que, tout ce temps, il avait été plus proche d'elle qu'il n'aurait jamais pu l'espérer. Sans le savoir, il connaissait le goût de sa sueur, son odeur avait plus de cent fois éclos dans sa bouche.

Cette pensée le consola de sa solitude. Son amour se fit un peu moins torturant. À partir de ce jour, chaque repas constitua pour lui une communion avec sa belle. Et cette nuit-là, pour une fois, la musique dissonante qui provenait de la chambre d'à côté ne l'empêcha pas de s'endormir.

∗ ∗ ∗

Pendant les journées pluvieuses, quand la fille ne sortait pas de chez elle et qu'elle n'apparaissait même pas à sa fenêtre, le jeune moine s'adonnait à son second amour. Son exemplaire de Pétrarque avait été lu et relu, jusqu'à ce qu'il reconnût la moindre note à ses premières lettres. Il l'avait alors ramené à la bibliothèque. Depuis, il y retournait souvent, en quête d'un trésor similaire. Il regardait d'abord par-dessus son épaule, prenant bien soin de ne pas être vu des autres, puis il parcourait les allées, faisant rebondir le bout de son index sur le dos des livres. Lorsque l'un d'eux accrochait son regard, il s'arrêtait, retirait le livre de l'étagère et le feuilletait. Il ne regardait ni le titre ni l'auteur. S'il ne trouvait pas la calligraphie maintenant si familière, il replaçait le livre sur la tablette et poursuivait son investigation. C'était chaque fois ce qui se produisait.

Pourtant, le jeune moine ne voulait pas croire que son mentor ne s'était attardé qu'à un ouvrage unique. Le regard fixe, il évoquait dans sa tête les ondulations caractéristiques de son écriture et il fixait intensément certains dos, comme pour les y imprimer. Puis il agrippait le livre et l'ouvrait, en vain. « C'est peut-être celui-là. C'est peut-être celui-là. C'est peut-être celui-là. » Sa pensée ne défilait pas assez vite pour évoquer toutes les occasions de rencontre perdues à mesure que son doigt glissait le long des tablettes. La quantité des livres le désespérait, mais, en même temps, elle le consolait. « Il en restera bien toujours un à vérifier. » L'autre aurait certainement exprimé cette idée d'une manière plus poétique.

Visite après visite, il avait fini par se constituer un rituel. Quand il quittait la bibliothèque – parfois les mains vides, parfois en empruntant un livre quelconque, pour ne pas éveiller les soupçons –, le plus souvent juste avant les repas, il gagnait l'espèce de petit mausolée que l'on avait monté dans un coin perdu du monastère. Au détour d'un mur de briques, dans un endroit où presque personne n'allait, s'entassaient contre une paroi les crânes de tous les moines qui avaient vécu au monastère. En rangs ordonnés, les boules blanches, patinées par le temps, fixaient le visiteur de leurs orbites. Trois ou quatre lampes à l'huile brûlaient perpétuellement ; le jeune moine n'avait jamais vu qui que ce fût les entretenir. Les crânes flottaient dans une lueur fantastique, comme si la vie les animait encore.

Après chaque passage à la bibliothèque, il venait se recueillir auprès de ces reliques. Il s'agenouillait, joignait les mains et interrogeait les têtes du regard. Il se demandait lequel de ces ancêtres avait, des lustres auparavant, méticuleusement consigné dans le livre le fruit de ses réflexions. C'était l'un de ces crânes qui avait jadis vu mûrir en lui les idées subtiles dont, par-delà les années, lui, le jeune moine, se faisait le dépositaire. Le vieillard avait-il su, en son temps, qui allait recevoir ses enseignements après sa mort ? Savait-il en ce moment qui l'adorait malgré sa disparition ? Le jeune homme priait le crâne de le guider dans ses recherches, de l'aider à trouver un nouveau livre auquel il avait confié ses méditations.

Pendant qu'il était à genoux, le jeune moine laissait dériver ses pensées. Il s'interrogeait souvent sur la naissance simultanée de ses deux passions. Quelle fatalité avait voulu qu'il s'éprît à la fois d'une jeune fille et d'un auteur ? Quelle signification recelait cette coïncidence ? Il se dit que c'était là une même manière de se révolter contre les autres moines, de s'enfuir loin de cette prison trop familière. Face à leur vieillesse, lui seul avait gardé intacte son ardeur à rêver. Sa fougue lui ouvrait des horizons nouveaux et, en cela, il se distinguait de ses frères bornés. Lui, il n'était pas froid et monotone. Lui, il était capable d'apprécier la beauté et la grandeur qui le dépassaient. Lui, il aspirait à se perfectionner – et il en avait la force.

Le jeune moine perdait la lumière et la chaleur du mausolée aussitôt qu'il tournait le coin du mur. Il retombait alors dans la grisaille et la froidure. Comme il ne pouvait pas errer indéfiniment parmi les bâtiments insalubres, il finissait par se résigner à regagner sa chambre. En chemin, il croisait chaque fois l'arbre solitaire. Un jour, il avait constaté que les bourgeons avaient éclos. Étrangement, les feuilles qui poussaient maintenant au bout des branches étaient, elles aussi, rouges ou orangées, et sèches comme du vieux parchemin. Plus étrange encore, ces feuilles mortes croissaient jour après jour. « Au printemps ? » s'était-il interrogé. Il semblait le seul à avoir remarqué le phénomène et ce privilège ne lui plaisait guère. « On dirait que c'est un présage qui m'est adressé. Il se passe des choses bizarres en ce moment. » Le jeune moine se disait qu'une feuillaison comme celle-là augurait un malheur qui ne pouvait que lui jaillir tôt ou tard au visage.

Au retour de ses errances, son pouls s'accélérait à mesure qu'il se rapprochait de sa cellule. Il se tendait, devenait nerveux. Il jetait à la dérobée un regard plein d'appréhension sur la porte de son voisin, dans les ténèbres. Le plus souvent, ses craintes se justifiaient lorsqu'il ouvrait sa propre porte. Des bruits percutants mais assourdis par les murs l'accueillaient. Le jeune moine s'efforçait de divertir ses pensées : il tournait en rond, balayait un peu, feuilletait sa bible. Mais il finissait toujours par se coucher, les genoux ramenés contre la poitrine. Il s'endormait difficilement.

Les prières qu'il adressait aux crânes furent enfin exaucées. Un jour terne, alors que le ciel touchait le toit des bâtiments, le jeune moine fit basculer d'une étagère un livre de Boccace. Il l'ouvrit au milieu, et les pages défilèrent sous son pouce. Des arabesques noires se superposèrent aussitôt les unes aux autres à un rythme effréné. Le jeune moine les reconnut immédiatement. Il se surprit lui-même par sa maîtrise : gardant le dos du volume bien serré au creux de sa paume, il continua à déambuler calmement parmi les allées, puis il quitta le bâtiment. Il lui semblait qu'il allait mourir d'asphyxie, tant il retenait son souffle. Ses sandales crissèrent sur le gravier lorsqu'il trottina à pas pressés vers sa cellule. Il n'adressa même pas un regard à l'arbre qui dressait fièrement ses mille flammèches. Son chemin, toutefois, passait près du muret et il jeta un coup d'œil en bas, pour vérifier si, par chance, il n'apercevrait pas son aimée. Aucun signe de vie à la ferme.

Le vent chuintait au coin de sa fenêtre, il ne remarqua pas tout de suite les coups sourds qui faisaient vibrer l'un de ses murs. Peu lui importait ce jour-là. Sans même y penser, et bien qu'il fît froid pour une journée de printemps, il se déshabilla de nouveau, comme la première fois. Sa fourrure de bouc glissa à terre, et il se jeta, nu, sous ses draps. Son voisin continuait à marteler le bois de son lit ou d'un quelconque meuble. Trop excité, le jeune moine garda le livre entre ses mains, ne sachant comment l'entamer. Il se dit fort sagement qu'il devrait commencer par le début. Il ouvrit la couverture, puis tourna page après page, décryptant religieusement les écritures. Parfois, la frénésie le reprenait, et il secouait la tête en ricanant, ne pouvant croire qu'il en avait trouvé un autre. C'était bien la même graphie, et la même pensée, si élégante et si profonde. Les annotations prenaient à ses yeux valeur d'aphorismes et, répétant chaque mot, il s'efforçait de les mémoriser l'une après l'autre. « Je te retrouve enfin », murmura-t-il en caressant le vélin.

Ce jour-là, pourtant, le vacarme était intolérable de l'autre côté du mur et il parvint à gâcher l'enthousiasme du jeune moine. Les heurts brutaux se succédaient comme des coups de bélier. Peut-être par désespoir, peut-être aussi parce qu'il se sentait plus fort, plus beau que jamais, son précieux livre de Boccace serré contre sa poitrine, il décida de prendre les grands moyens. « Je vais lui dire ma façon de penser », déclara-t-il à voix haute avec une fermeté simulée. Rapidement, pour ne pas se laisser le temps de penser, il rejeta les draps, enfila sa fourrure et se précipita dehors. Avant même de pouvoir le regretter, il avait cogné à coups secs contre la porte de son voisin.

Il attendit, le cœur près d'exploser. Une voix atone demanda : « Qu'y a-t-il ? – C'est moi », répondit le jeune moine, sans plus de précision. Comme si la question du père abbé n'avait été qu'une formalité et que lui aussi avait attendu ce moment depuis une éternité, sachant très bien qui se tenait derrière sa porte. Un silence. « Qu'y a-t-il ? » répéta la voix. Le jeune moine tourna la poignée de bois et pénétra résolument dans la chambre.

Un parfum de fleurs l'accueillit. Ce fut d'abord ce qui le frappa. Puis il vit le père abbé, à genoux dans son lit, une peau de chien attachée sur ses épaules. Devant lui, à quatre pattes, se tenait une jeune fille, les cheveux noirs attachés en chignon, un grain de beauté sur la joue gauche. Il la reconnut aussitôt. Les yeux fermés, la bouche entrouverte, elle arquait son dos en une profonde ligne concave. Le jeune moine se figea. « Qu'y a-t-il, mon fils ? » Devant le mutisme du garçon, il se remit à bouger du bassin. Le montant du lit frappa le mur, comme un boutoir. L'homme continua à s'activer ainsi un long moment, pendant lequel le jeune moine fut tout œil, parfaitement oublieux de sa propre existence. Puis le père abbé recula, dos droit, visage sévère. La fenêtre qui l'éclairait découpait un carré de ciel gris. Cachant son visage dans les couvertures, la jeune fille se roula en boule et se blottit contre lui. « Vous pouvez partir, mon fils. Vous n'aurez rien de plus. »

Avec précaution, le jeune moine referma la porte, tâchant de ne pas la faire claquer. Sans réfléchir, il courut se réfugier auprès des crânes entassés derrière leur coin de mur. Leur blancheur, la longue flamme des lampes le réconfortèrent. Il se coucha contre le sol. Ce n'est qu'à l'aube, après avoir manqué vigiles, qu'il arriva enfin à pleurer.

Il ne voulut plus, bien sûr, retourner se percher sur son muret. Par contre, il se mit à fréquenter de plus en plus souvent les crânes des anciens. L'habitude s'installa d'elle-même. Beau temps, mauvais temps, il s'agenouillait devant eux. Il apportait son Boccace, pour continuer à l'étudier, le livre ouvert sur la rambarde qui préservait une distance entre les morts et les vivants. Des heures durant, il pouvait demeurer sur ses genoux à déchiffrer les mots de sagesse qui lui paraissaient d'autant plus précieux, maintenant, qu'ils représentaient sa seule raison de vivre. En outre, il emplissait périodiquement les lampes à l'huile, mais personne ne s'en souciait.

Curieusement, le jeune moine n'avait plus peur de croiser, durant ses promenades, le père abbé. Tous deux se rencontraient souvent, il courbait l'échine chaque fois, selon la règle. Il n'avait plus peur, non plus, de retourner dans sa cellule. Le bruit, à présent qu'il en connaissait la cause, ne l'énervait plus. Chaque fois que les meubles grinçaient, il hochait la tête d'un air entendu, un sourire en coin, et poursuivait sa lecture comme si de rien n'était. Il lui semblait même sécurisant, quand il rentrait chez lui, d'entendre ce bruit si familier. Le supérieur, se disait-il, avait tout à fait le droit de se délasser un peu. Lui, il se permettait bien de jouir des inscriptions qui émaillaient les marges de son livre, comme autant de paroles proscrites. En contrepartie, il se mit à apprécier le silence et la paix qui régnaient partout ailleurs dans le monastère.

Quand, à côté, le bruit cessait et que le jeune homme entendait la porte s'ouvrir, il refermait son livre et se précipitait dehors. Au début, il suivait le père abbé de loin, dans le sillage de sa peau d'animal dont la traîne battait la poussière au rythme de ses pas mesurés. Puis, peu à peu, il se mit à se rapprocher, pour marcher à ses côtés. Sans échanger un mot, évidemment. Ils se contentaient de regarder chacun devant soi, le silence troublé uniquement par le bourdonnement des mouches. Le père abbé n'avait même pas l'air de se rendre compte de la présence du garçon ou, du moins, elle ne l'importunait pas. Peut-être pour le narguer, il aimait souvent s'arrêter au muret. Il s'asseyait sur les briques dénudées pour contempler le paysage. Le jeune moine, lui, s'efforçait de regarder de l'autre côté, dans la cour, mais la vue de l'arbre aux feuilles mortes ne lui plaisait pas plus. Un moment, l'idée lui vint d'en parler à l'abbé, mais il craignit de s'attirer la malchance.

Quand il n'assistait pas à la messe, le jeune moine partageait ainsi ses heures libres entre le fait de hanter son supérieur et la lecture de son Boccace. Toutefois vint un temps où il termina son livre, où il en posséda par cœur les annotations. Il le rapporta à la bibliothèque et reprit ses investigations aléatoires sur les rayons. Les probabilités de retrouver un livre annoté avaient diminué encore plus, mais il voulait garder espoir. Il poursuivait également ses visites et ses prières au petit mausolée. Cependant, le plus clair de son temps, il pouvait maintenant le consacrer à fréquenter son voisin. Après s'être recueilli auprès des têtes squelettiques ou avoir rallumé la flamme de l'une des lampes, il parcourait au hasard les bâtiments, tendant l'oreille. Il lui arrivait de percevoir le son si caractéristique de sa démarche réglée ; alors, il bifurquait et allait prendre sa place tout contre lui. Lorsqu'il ne le trouvait pas, il dirigeait ses pas ailleurs. Discrètement, marchant d'un air désœuvré, il prenait prétexte de ses promenades pour passer souvent devant leurs chambres et tenter sa chance. Il avait parfois le bonheur de le voir sortir juste au moment où il croisait sa porte. Puis, à chacun des repas, il s'asseyait près de lui, à sa droite. Le jeune moine s'arrangeait pour que, à quelques reprises, son coude frottât celui de son voisin et il se réjoussait intérieurement de ce contact.

* * *

Le printemps touchait à sa fin. Ce matin-là, le jeune homme se leva tôt. Le soleil inondait sa chambre de lumière diaphane. Il avait dormi comme un loir au retour de matines. Après s'être frotté les yeux, il ceignit sa taille d'une cordelette, par-dessus le cuir de cheval. Le ciel était clair, la matinée, venteuse. Au centre du monastère, les feuilles du grand arbre crépitaient comme un millier de crécelles. « Quel contraste, se dit le jeune moine, entre les champs verts, en bas, et les feuilles rouges ! Cela ne devrait pas être ainsi… » Il mangea au réfectoire, puis prit le chemin de la bibliothèque. Il n'y trouva personne, ce qui le réjouit. À partir du mur du fond, il commença son furetage habituel.

Sa surprise fut totale, car, dès le premier livre, dès la première page, l'écriture de son maître lui sauta aux yeux. Saisi par le choc, le jeune moine resta immobile un bon moment, avant d'acquiescer à son bonheur. Sur la couverture noire était inscrit le nom de Dante et le titre de l'œuvre. « Une comédie ? J'espère que ça fait rire. » Tout guilleret, il emprunta l'ouvrage et se précipita vers sa chambre. Il n'eut même pas le temps de se déshabiller, cette fois, comme cela semblait être devenu le rituel : à peine le livre posé sur son lit, les vibrations lourdes et les pizzicati du psaltérion lui indiquèrent la présence de son voisin. Il feuilleta de nouveau les pages, lut même quelques notes, pour s'assurer de l'authenticité de sa trouvaille. Débordant d'allégresse, il avait l'impression que la lumière du matin l'allégeait et lui insufflait du courage. « Allons, se dit-il. Pourquoi pas ? » Calant le livre sous son aisselle, il quitta sa chambre.

Une voix lui répondit : « Qu'est-ce ? » Le jeune moine se pencha vers la porte et murmura : « C'est moi, père. » Il n'attendit pas qu'on lui réponde et il entra. Le père abbé était assis à une petite table, un stylet à la main, le corps surplombant un large volume sur lequel semblait planer son autre main. Plein de fierté, le jeune moine lui montra le livre qu'il avait apporté. Le père abbé, apparemment contrarié, dévisagea le garçon avant de consentir à se pencher sur l'ouvrage.

« Qu'est-ce ? » répéta-t-il d'un air mauvais. « Je suis amoureux », répondit le jeune moine d'un ton pénétré de mystère. Il ouvrit le livre et fit tourner les pages. « Regardez, dans les marges : les notes. » Le père abbé observa plus attentivement. « C'est un moine, il y a très longtemps, un de nos frères décédés, qui a annoté certains de nos livres. J'en ai déjà découvert deux, c'est le troisième. » Il leva au ciel des yeux extatiques. « Ah ! Père ! Si vous saviez ! Ces gloses sont empreintes d'une telle sagesse ! Et que de beauté, de grâce dans les mots ! Voyez, ici, il parle de la nécessité d'avoir un bon guide sur le chemin de la vie. » Le père abbé colla son doigt sur la feuille et suivit les lettres.

« Mais oui… » La poitrine du père abbé se mit à tressauter. Le jeune moine crut d'abord qu'il allait tousser, mais il recula lorsqu'il l'entendit éclater de rire. « Ah ! Ça ! » L'homme afficha un sourire cruel. « C'est moi qui ai écrit ça ! » Le jeune moine balbutia :

« Qu… quoi ?

– Oui, c'est moi qui ai écrit ça ! Ah ! Par exemple !

– Comment ? Mais… pourquoi ?

– Pour montrer que je suis le maître. Moi seul ai le droit de jouer de la musique et moi seul ai le droit de parler comme je l'entends. Je veux que nul n'oublie mon privilège, qu'il soit rappelé à tous même dans le silence de la lecture. Je veux de plus qu'il s'impose à tous comme un droit divin, un droit qui me transcende, sans âge et sans propriétaire. Que chaque note leur rappelle leur infériorité, leur devoir d'obéissance.

– Vous faites bien cela pour nous éclairer, père ?

– C'est de la chiure de mouche que je vous offre, mon fils ! rétorqua l'abbé en éclatant de rire. De la fiente de mon esprit dont je farcis les marges. Sentez ! Sentez ! »

Il saisit le livre et le plaqua brutalement sur la figure du garçon.

« Je ne respecte rien de ce que j'écris, déclara-t-il. Personne ici ne possède assez de pénétration pour comprendre mes idées. Ma sagesse les surpasse tous. De la bêtise, du brouillon, du déchet, voilà avec quoi je les repais. Et ils y croient ! Je trace les mots sans même réfléchir, et ils dévorent chacun de mes premiers jets, tout ce que je leur laisse. Ils prennent au sérieux mes fumées. Regardez, mon fils, j'étais en train d'en concocter un autre. »

Il exhiba son gros livre. Dans les espaces blancs, le jeune moine reconnut l'écriture qu'il avait appris à adorer. Sans tourner le dos, il se mit à reculer, le visage penché vers le sol. Au seuil de la porte, il laissa glisser son Dante à terre. Poursuivi par le rire du père, il courut jusque dans sa chambre.

Là, il tourna en rond. Profondément troublé, il ne savait que faire, ses pensées en panique. Il ouvrit son coffre et en tira une paire de longs ciseaux. Il alla s'asseoir sur le rebord de la fenêtre, les pieds dans le vide. Sa tête en avant, il passa la lame en désordre dans ses cheveux. Ceux-ci tombèrent à l'extérieur en mèches folles, que le vent défaisait sitôt qu'il s'en emparait. La gorge serrée, le jeune moine fut sur le point de les accompagner. Il sentait déjà l'air souffler sur son crâne chauve. Mais un vrombissement le fit sursauter. Il jeta un regard par-dessus son épaule. Dans la chambre voisine, le père abbé s'était remis à jouer sur les plus grosses cordes de son instrument. Le jeune moine observa un moment encore l'immensité, le ciel vaste, les champs tendus comme une paume. Puis il recula les fesses et retourna dans sa chambre.

Avec le temps, ses cheveux repoussèrent. Il ne sortit plus guère de sa cellule, sinon pour aller à l'église. Le reste du temps, il endurait le vacarme d'à côté. Il ne lisait jamais, il avait bouché sa fenêtre avec un drap noir et il se terrait dans un mutisme complet. Il devint un modèle d'austérité pour les membres du monastère. Sa réputation se répandit même parmi tous les Météores. Dans la cour centrale, les feuilles mortes restèrent en place, au bout des branches. Pendant longtemps, elles continuèrent à croître, toujours plus larges et plus sèches.

De la véritable nature de l'été

Dehors, le ciel déployait une nappe couleur opale miellée. Impossible de savoir à quel moment de la journée l'on se trouvait. Les mains derrière la nuque, les bras pliés formant des pointes – comme des ailes – de chaque côté de sa tête, le moine se renversa vers l'arrière. Sa chaise craqua en produisant un miaulement de chat. Le moine ricana. Il s'amusa à reproduire le bruit à quelques reprises. Il aimait ce bruit.

À chaque occasion, lorsque ni les offices ni les frères ne le retenaient, le moine venait s'asseoir dans sa cellule, comme à cet instant. Il plaçait ses mains derrière sa tête, ses deux pieds contre le rebord inférieur de la fenêtre – et il poussait. Il était ainsi parvenu à développer un savant art de l'équilibre qui lui permettait de rester très longtemps uniquement sur les pattes postérieures de son siège. C'était pour lui des moments de grâce. Il laissait dériver son esprit en attachant distraitement son regard à la nature : feuilles, branches, nuages. Plus que tout, le craquement de sa chaise était le signe de cette liberté, de cette détente parfaite. Il savait comment bouger pour la faire geindre comme un violon ou éclater comme du bois vert dans le feu. Il était parvenu à la transformer en un instrument qu'il se plaisait à faire chanter dans la solitude.

Le moine ne savait plus depuis combien de temps il était plongé dans sa méditation, le regard fixé droit devant lui. Pas de vent dehors, pas vraiment de soleil non plus. S'écartant un moment de ses pensées, le moine chercha l'astre dans le ciel. Il ne le trouva pas. Tout était uniformément lumineux, l'air, tiède. Le moine soupira. Continuant à regarder par la fenêtre, il porta son attention sur les cinq barreaux qui la traversaient horizontalement. Il ricana de nouveau. « Une portée », se dit-il. Il rentra un peu la tête dans les épaules, pour que les objets du jardin prissent leur position. Placés chacun sur un barreau, ou entre deux, ils composaient une mélodie que le moine s'amusa à déchiffrer : la clôture comme une basse continue, les plants de tomates comme des *crescendo*, les pommes encore vertes comme un *staccato*, les racines comme un long silence, le rocher comme un point d'orgue. Fermant un œil, puis l'autre, le moine fit se déplacer les notes pour tenter d'atteindre l'air le plus mélodieux. À mesure que les oiseaux passaient, son air se modulait subtilement.

Mais de la poussière brouillait la vitre. Le moine rabattit sa chaise, il se leva et s'approcha de la fenêtre. Du revers de la main, il écarta la couche de saleté afin de se dégager deux espaces pour les yeux. À peine avait-il collé son visage contre la surface que son ami survint. Il marchait le long de l'allée qui bordait le bâtiment. Le cœur du moine se mit à battre la chamade : son ami ne pouvait mieux tomber ! Celui-ci s'arrêta, intrigué par cette paire d'yeux qui planait au-dessus de lui. Il reconnut le moine.

« Tu ressembles à un monstre », chuchota-t-il. Le moine fit signe, à travers la vitre, qu'il n'avait pas entendu. L'ami regarda autour de lui avec prudence. Voyant qu'ils étaient seuls, il répéta juste assez fort pour être compris. Le moine, à l'intérieur, hocha du menton. Il replia les doigts sur l'ourlet de sa manche et, avec le tissu, essuya le carreau, qui redevint propre. Les deux hommes se faisaient maintenant face. Leur ressemblance était frappante. Une tunique de bure les vêtait pareillement, bien sûr, mais la similitude allait plus loin. Mêmes cheveux bruns et courts, même regard, même courbe du nez, même ligne de la bouche, même allure un peu voûtée ; on aurait dit que chacun se regardait dans un miroir.

L'ami se retourna et se mit à observer le pommier qui se dressait devant lui, tandis que le moine, le menton levé, jeta ses regards loin au-dessus de la cime des arbres. À un observateur extérieur, il aurait semblé que les deux moines, ayant chacun ses propres soucis, s'ignoraient mutuellement. Le moine se pencha vers l'avant et ouvrit la fenêtre.

« Je pensais justement à toi, dit-il, comme à l'adresse du vent.

– Oui, moi aussi. Mais je ne m'attarderai pas longtemps, murmura l'ami. Il ne faut pas être pris à parler. »

Le moine, faisant toujours semblant de regarder ailleurs, esquissa un signe de tête. Il s'accouda sur le rebord, l'attention apparemment attirée par un cumulus. L'ami fit trois ou quatre pas le long de l'allée, mine de rien. Il s'adossa contre le mur de pierre.

Le moine, saisi d'une inspiration, plongea sa main dans une poche et en ressortit un bonbon, lumineux comme une gemme. Il le déballa et posa la boule couleur rubis à l'extrémité du rebord de la fenêtre, juste assez loin pour que l'ami pût le saisir. Celui-ci n'attendit pas : il s'en empara subrepticement et le porta à sa bouche. « Merci », murmura-t-il du coin des lèvres, le bonbon calé dans la joue. « Tu sais que je les aime. Tu es bon pour moi. » Le moine sourit en retour, mais distraitement, comme si une idée lui avait tout d'un coup traversé l'esprit. « J'ai une nouvelle à t'apprendre », déclara-t-il tout bas. L'ami demeura silencieux. « J'ai eu une idée… » Le moine hésitait. Il attendit un moment. Les arbres restaient immobiles dans la cour. Il prit une profonde inspiration et dit d'un trait, d'une voix presque imperceptible :

« J'ai décidé d'invoquer Dieu. Il viendra ici en personne.

– Quoi ? Mais… Comment comptes-tu faire cela ?

– J'ai imaginé une musique. Je la jouerai, et il apparaîtra.

– Quelle musique ? Que racontes-tu ?

– J'ai imaginé une partition, une partition construite pour reproduire parfaitement l'harmonie des sphères, celle que les planètes entretiennent entre elles et qu'on entend depuis le Soleil. Tu vois, quand j'imiterai cette acoustique céleste, Dieu, qui réside dans le Soleil, croira que sa demeure se trouve ici. »

Un silence accueillit la déclaration du moine, durant lequel on n'entendit que le claquement du bonbon contre les dents. Puis l'ami déclara : « Le lien sacré de l'amitié nous unit, tu es mon semblable, mon frère. Aussi, je t'encourage et te soutiens dans tout ce que tu entreprends. Mais j'ai le devoir de te donner mon opinion, avec bienveillance et franchise. Ton plan est idiot, et ce, pour deux raisons. *Primo*, il est strictement interdit de produire tout bruit au monastère, tu le sais très bien, et toi, tu te proposes de jouer une musique à l'échelle cosmique ! *Secundo*, il est inutile de vouloir faire venir Dieu au monastère : nous sommes déjà si près de lui ! Puisque nous sommes des fantômes, nous participons de sa nature immatérielle. »

Le moine devint blanc comme un drap et murmura en bégayant :

« Nous sommes… nous sommes des fantômes ?

– Oui, tu ne le savais pas ?

– Non.

– Mais depuis le temps que nous nous connaissons… »

L'ami resta bouche bée. Comment le moine pouvait-il ignorer ce fait ? Il se mit en devoir de lui expliquer ce qui lui semblait évident : « Bien sûr, nous sommes des fantômes. Quand une communauté comme la nôtre est unie en un accord parfait, les individus s'effacent et ne deviennent que des ombres. Ils s'atténuent, puis se fondent les uns dans les autres. Nous résonnons en commun, nous n'existons presque plus. Tu n'as jamais remarqué que tu n'avais jamais ni chaud ni froid ici ? Que l'air ne sentait rien ? »

Stupéfait, le moine resta immobile un moment, les coudes enfoncés dans les coins de la fenêtre. Soudain, un crissement de gravier annonça l'arrivée d'un autre frère le long de l'allée. L'ami s'avança de quelques pas dans le jardin, comme intrigué par un fruit du pommier. Le moine fit retraite dans sa cellule. Cette diversion lui permit de mettre un peu d'ordre dans ses idées et d'assimiler ce que son ami venait de lui apprendre. Comment ne s'était-il jamais rendu compte de son état fantomatique ? Une fois l'importun passé, l'ami revint prendre place au pied du mur.

« De toute façon, demanda-t-il à brûle-pourpoint, avec quel instrument entends-tu jouer ta partition ?

– Mais avec l'orgue.

– Tu es fou ! Cela aussi est interdit ! On ne peut l'utiliser que lors des cérémonies de guérison. Il y en a d'ailleurs une aujourd'hui. C'est moi qui en jouerai.

– Ah ! Parfait ! Prête-le-moi ! Ne feras-tu pas envers moi acte de générosité ? Ou veux-tu que les dieux de l'amitié maudissent ton nom pour les siècles à venir ?

– Oh ! la ! la ! Comme tu y vas ! Mais je ne peux pas, tout simplement. Attends ton tour. Pour aujourd'hui, ce n'est que moi qui ai le droit de toucher au clavier.

– Alors quand tu auras fini ! Lorsqu'il n'y aura plus personne, je viendrai prendre ta place. Les autres ne s'apercevront de rien.

– Tout se sait ici, c'est connu.

– Je t'en supplie ! Ne sois pas injuste ! Ne sois pas inégal ! »

L'ami dansait sur un pied puis sur l'autre, visiblement torturé. Le moine voyait bien qu'il cédait peu à peu à son chantage. Il insista encore un peu, fit mine d'élever la voix sous le coup de l'émotion, puis l'ami, de peur qu'on ne les remarquât, finit par accepter. « C'est bon, lâcha-t-il, à bout de nerfs. Tu l'auras ! Mais seulement à la fin de la cérémonie. J'ai à faire jusque-là. » Un large sourire apparut sur le visage du moine. Il recula dans sa cellule pour que seul son ami l'aperçoive et lança des applaudissements silencieux, en intercalant des baisers soufflés. L'ami ne put se retenir de pouffer de rire, satisfait de la joie du moine.

*   *   *

Pressant le pas pour rattraper son retard, l'ami se dirigea vers l'orgue du monastère, au milieu d'une clairière. Cet instrument prodigieux avait le pouvoir, par ses sons, de guérir les maladies. Périodiquement, on décrétait un jour de guérison, au cours duquel les éclopés, vérolés, lépreux, couperosés, nains et bossus de la région pouvaient se réunir pour être exposés, à tour de rôle, aux effets bienfaisants de la musique. On comptait de nombreux miséreux à l'extérieur du monastère : malgré le fait qu'on en guérissait beaucoup, il semblait que les habitants de la contrée tombassent en nombre effarant sous les coups de la maladie, sans doute à cause de leur pauvreté.

Durant la célébration, le moine désigné par la communauté jouait un air différent pour chaque maladie, pour chaque infirmité. Les partitions avaient été écrites il y avait bien longtemps, on ne savait par qui, mais, malgré leur origine mystérieuse, leur pouvoir était indiscutable. Lorsque l'ami parvint dans la clairière, les malheureux y faisaient déjà la queue, debout ou assis sur la pelouse. Il prit place sur le banc, s'accorda un moment pour respirer et commença à faire mugir les tuyaux.

Le grondement fit trembler les murs de la cellule et tira brutalement le moine de sa rêverie. Assis sur sa chaise, il était en train de repenser à ce que son ami lui avait révélé. Il ne parvenait toujours pas à croire qu'il fût un fantôme. C'était un fait : il ne se souvenait pas du moment où il était arrivé au monastère. Voilà qui constituait un élément en faveur de la thèse de son ami. Les fantômes n'ont pas de passé, ils vivent dans un perpétuel présent. De plus, ayant laissé sa fenêtre ouverte, il ne ressentait aucune sensation, comme le lui avait fait remarquer son ami. Dehors, les branches du pommier restaient figées comme des bras de statue. Nulle brise ne venait caresser son visage. Le moine avait pris une profonde inspiration, mais n'avait perçu aucun parfum. Il avait détaché quelques boutons de sa robe, avait attendu, avait dénudé ses épaules, avait attendu, puis avait complètement découvert son torse, mais toujours rien. Une tiédeur imperceptible, comme s'il avait été entouré de vide. En fin de compte, son ami avait peut-être raison. Et s'il était réellement un fantôme ? Le moine avait soudain éprouvé la pénible impression d'avoir peur de lui-même.

En outre, le fait que, par leur nature, les frères étaient proches de Dieu n'avait rien pour rassurer le moine. Il lui était revenu en mémoire une crainte par laquelle il avait jadis été effleuré : que Dieu fût un fantôme. Plus il y réfléchissait à présent, mieux il comprenait ce qui l'avait tant apeuré autrefois. Une nuit qu'il se promenait entre les arbres, dans l'immense verger qui se déployait au centre du monastère, il avait soudain été pris de terreur. À cause de l'obscurité, à cause de sa petitesse, mais surtout parce qu'il avait senti une présence ou plutôt une absence diffuse autour de lui. Il avait tout d'un coup éprouvé intimement la sensation de se trouver dans un néant infini, et la pensée avait surgi dans son esprit : « Cela, c'est Dieu. »

C'est sans doute pour cette raison, comprenait-il, que l'idée lui était venue d'invoquer Dieu en personne : grâce à la musique, il pourrait enfin arriver à peupler le monastère, endroit perpétuellement silencieux, où l'on ne pouvait même pas murmurer entre amis. Le monastère ne comptait à peu près aucun bâtiment : l'enceinte, le portail d'entrée et la cellule du moine représentaient les seuls édifices. Ailleurs, la végétation s'étalait à profusion, dans un parc qui accueillait les moines à l'ombre du feuillage ou sous les buissons de chèvrefeuille. Même l'orgue était placé à l'extérieur, et nulle part on ne trouvait d'église sur le terrain de l'abbaye.

Le fait qu'il avait sa propre cellule mettait le moine à l'écart des autres ; eux dormaient ensemble chaque nuit, à la belle étoile. Pourtant, même s'il avait choisi d'habiter cette chambre abandonnée, il rêvait d'insuffler plus de chaleur fraternelle dans sa communauté. Il rêvait que les individus se missent à converser, qu'ils approfondissent leur connaissance les uns des autres. Faire venir Dieu allait permettre d'unir tous les frères en une grande ronde déployée autour de lui, pour chanter ses louanges.

Ce sont ces réflexions que le violent vacarme de l'orgue vint interrompre. Un instant décontenancé par le bruit, constatant à quelles profondeurs il s'était enfoncé, le moine secoua la tête et se leva. Il n'avait rien à faire en attendant que son ami eût fini de jouer. Il décida donc de se promener, afin de mettre ses idées en ordre. Il rattacha sa robe et ne se sentit pas réchauffé pour autant. Il fronça les sourcils, encore plus inquiet.

Habituellement, le moine préférait s'asseoir pour laisser dériver ses pensées. Mais cette fois-ci, tenaillé par l'impatience, il ne pouvait tenir en place. Il lui restait des heures à tuer, il ne savait que faire pour passer le temps. Bordée par l'allée qu'il arpentait à présent, la cour intérieure s'ouvrait au cœur du monastère, invitant le moine à y perdre ses pas. Quittant le chemin, il foula tout d'abord la terre grasse du potager, qui constituait les abords de la cour.

C'est là, juste entre deux plants de carottes, qu'il aperçut une poule. Le moine s'arrêta. Assise sur son nid, elle bougeait du croupion avec inconfort. « Elle fait bien de couver ici, approuva le moine en son for intérieur. Plus loin, dans la cour, elle risquerait de se perdre. » L'animal bougea encore le derrière, comme pour trouver une meilleure position. « Pourtant, objecta le moine à lui-même, elle serait plus à l'abri au fond du parc, sous les arbres. » Enfin, la poule se leva et gratta la terre rageusement, en tournant autour du nid. Le moine y remarqua alors trois œufs difformes. Leur coquille baroque présentait l'aspect rugueux des cailloux. Ce spectacle étonna le moine. Il commenta silencieusement, avec un mélange d'amusement, d'admiration et de crainte respectueuse : « Eh bien ! En voilà des œufs originaux ! » Puis il reprit sa marche.

Dire que le moine avait du temps à perdre n'est pas tout à fait juste. En effet, lorsqu'il avait quitté sa cellule pour prendre l'air, il avait une idée derrière la tête : profiter de sa promenade pour fignoler les derniers détails de sa partition. À présent, les plants du potager, de plus en plus hauts et de plus en plus espacés, cédaient la place à des haies taillées avec sévérité. Ces ensembles de buissons, menant vers le centre du parc, formaient un labyrinthe vert foncé dont le moine suivit les méandres.

L'apprenti compositeur avait déjà une idée précise de ce qu'il entendait produire comme musique. Ce serait une partition unique, inouïe, inconcevable. Les fondements, il les méditait depuis belle lurette. Voilà longtemps qu'il avait pris l'habitude, lorsque ses frères dormaient à l'extérieur, de veiller dans sa chambre et de plonger son regard dans les cieux. Alors, il prenait sa position préférée, la chaise vers l'arrière, et, presque naturellement, son menton se levait vers la voûte étoilée. Un nombre incalculable de nuits, il avait ainsi sondé les profondeurs de l'espace. Parfois, très tard, le moine, étourdi de sommeil, s'était lui-même imaginé être une nouvelle étoile perchée au sommet de l'empyrée. Et il s'était imaginé les étoiles être des humains s'agitant sous lui, comme des lucioles, imitant son scintillement ainsi que celui des autres astres, ses frères.

Pourtant, ce ciel de noirceur lui avait semblé incroyablement nu. Un champ de poussière stérile déserté par le soleil. C'est une sensation de vertige ou de noyade qui pouvait expliquer ses premières nuits passées à contempler les étoiles. Durant ces moments hallucinés, le désespoir l'avait disputé à l'admiration. Il avait fini par s'accrocher à ce qui saillait le plus dans le ciel, c'est-à-dire les planètes, porteuses de couleur et de mouvement. Il les avait détaillées longtemps, si longtemps qu'il en était venu à les reconnaître du premier coup d'œil, puis à comprendre l'harmonie secrète de leur ballet, les correspondances qui unissaient leurs déplacements respectifs. Il était le seul, il en était convaincu, à avoir discerné précisément leur architecture, à avoir décrypté leur agencement. Avec la fierté sauvage du voleur de feu, il savait qu'il avait réussi à saisir leur concert muet, le concert qu'elles jouaient toutes, éternellement, pour le Soleil. Dès ce moment, l'idée avait germé dans sa tête. C'était cette musique qu'il comptait reproduire pour invoquer Dieu.

Le parc où déambulait le moine s'était à présent transformé en une véritable forêt : les buissons avaient fait place à des arbres, d'abord de taille humaine, puis de plus en plus élancés. Mettant de côté ses méditations pour un instant, le moine décrivit un cercle avec son menton pour embrasser du regard les frondaisons. Celles-ci se détachaient, sombres, contre le ciel tout entier blanc. Le moine fut frappé de stupeur, presque d'inquiétude, devant la perfection avec laquelle les arbres étaient disposés. Dressés fièrement, on aurait dit des cristaux. L'ensemble présentait un tel équilibre que le moine eut l'impression de se trouver face à un seul arbre, démultiplié.

Des bruits d'orgue parvinrent aux oreilles du moine. Il s'aperçut que, tout le temps de sa promenade, son ami avait continué à jouer. Cela lui rappela qu'il n'avait pas fini de travailler à sa partition. Il reprit sa marche.

Durant ses longues veilles passées à détailler les cieux, à regarder les planètes évoluer, le moine avait fini par percer le secret de leurs mouvements. Toutes les planètes, quelles qu'elles fussent, se déplaçaient de la même manière : elles ralentissaient à mesure qu'elles s'éloignaient du Soleil et accéléraient à mesure qu'elles s'en approchaient. Or, considérée depuis le Soleil lui-même, l'évolution des planètes recelait des propriétés tout à fait remarquables, que le moine se savait seul à avoir découvertes. En effet, en comparant les vitesses extrêmes de chaque planète, on obtenait un ensemble de rapports mathématiques qui représentaient tous les intervalles de la gamme. La totalité des planètes constituait donc un chœur à six voix voué au délassement du Dieu de l'univers.

Le moine avait la conviction qu'il pouvait imiter ces harmonies, qu'il pouvait recréer dans le monastère la suave polyphonie des planètes. Grâce à une composition à plusieurs registres, il pourrait ici-bas faire goûter au Créateur les délices dont il se délectait là-haut. Par sa composition, il s'affirmerait comme un Dieu à échelle réduite, capable de converser avec son semblable.

Il imaginait déjà comment, avec les jeux principaux de l'orgue, il allait commencer par des variations graves sur la ligne mélodique de Saturne, basée sur *sol* et sur *si*, les deux notes limites de la planète. Puis, rapidement, il intégrerait la mélodie de Jupiter, dans le but de bien établir la basse. À chaque nouvelle planète qu'il ajouterait, de plus en plus lentement, à sa partition, il s'inscrirait un peu plus haut dans la gamme. Les jeux de mixtures et de mutations, avec leurs timbres incisifs et éclatants, fondus aux premiers sons graves, lui permettraient des harmonies entre chacun des airs planétaires. Enfin, après des variations, il atteindrait, au sommet, la note de Mercure à son apogée, *mi*, sept octaves et une sixte majeure au-dessus du ton de Saturne. Sa pièce culminerait sur ce chant de soprano et c'est à ce moment que Dieu serait forcé de faire son apparition.

Le moine croyait entendre résonner dans l'air les beuglements du métal. Quelle commotion cela allait créer dans le monastère ! On viendrait voir, plein de stupéfaction, puis, constatant ce qu'il avait accompli, on le féliciterait chaudement. Il serait porté en triomphe sur les épaules de ses pairs, on irait peut-être jusqu'à lui donner le titre d'abbé, alors que le monastère n'en avait encore connu aucun.

Tout à son rêve, le moine n'avait pas pris conscience de sa fatigue, qui s'imposa soudain. Curieux ! Depuis le temps qu'il marchait, il aurait dû arriver à l'autre bout de la cour, mais voilà qu'il ne semblait même pas en avoir parcouru la moitié. Visiblement, il n'était pas près d'atteindre le centre du parc. Les arbres se faisaient de plus en plus grands, de plus en plus larges et de plus en plus espacés, à perte de vue. Au lieu de s'effacer, la forêt avait plutôt l'air de se déployer à l'infini. Le moine s'arrêta un instant. La musique ne lui parvenait même plus. Il s'efforça de respirer le plus doucement possible. Rien. Les arbres mêmes retenaient leur souffle pour écouter. Le ciel s'était dissous en une nappe laiteuse. Le moine eut peur. Pressant le pas, il rebroussa chemin. Il vit avec soulagement que les arbres rétrécissaient et se rapprochaient de lui. Puis il croisa les buissons et, enfin, le potager. Essoufflé par sa marche, impatient de poser les doigts sur les touches des claviers, le moine se dirigea résolument vers la clairière où son ami faisait gronder les tuyaux. Le vrombissement de l'orgue s'intensifia à mesure qu'il avançait, jusqu'à lui faire palpiter le cœur.

Une rangée d'arbres camouflait en partie l'enceinte du monastère, que le moine longea pour contourner la file des malades. Les mains sur les oreilles, il se retrouva sur le flanc gauche du mastodonte. L'instrument occupait presque tout l'espace que l'on avait dégagé au milieu du boisé. Concentré sur sa partition et assourdi par sa propre musique, l'ami ne vit pas le moine qui l'observait. Devant lui s'étalaient les quatre claviers dont les touches se déployaient comme les myriades de vagues d'un horizon marin. Directement au-dessus saillaient les boutons de registre, qui lui permettaient d'interdire l'émission de certains sons ; il avait toujours semblé piquant au moine que même un instrument d'une telle puissance pût être contraint au silence. La console était appuyée sur un coffre à air gigantesque comme une baleine, duquel s'échappait une lente et très profonde respiration, audible même à travers la trame musicale.

Au-dessus de ce réservoir s'élançait, en mugissant, une armée de tuyaux. Quatre divisions jetaient leur ombre sur le minuscule organiste, des bataillons l'arme au poing, les lances dressées comme pour déchirer le ciel, prêtes à s'entrechoquer. Tous les types de tuyaux se trouvaient réunis là, des plus humbles aux plus nobles, poings levés dans la lumière. On voyait des cheminées de métal à la bouche fendue, puis des armadas de mâts de bois, en attente du signal de bataille, et encore des perspectives infinies de tubes hermétiques, d'autres dardant leur œil grand ouvert sur le ciel, d'autres encore scarifiés de rosettes contre lesquelles battaient méchamment des anches souples. Au centre de la clairière, l'orgue s'imposait tel un monstre biblique. Avec la force entêtée d'un titan, il semblait émerger de la terre pour monter à l'assaut des cieux. Il secouait vers le haut sa crinière luisante, ocellée de trous noirs, et rugissait à en faire vibrer les troncs.

Les malades s'alignaient depuis le pied de l'orgue en une procession chaotique, attendant d'être soignés par la musique. Certains s'étaient laissés tomber dans l'herbe, d'autres patientaient debout, crevant distraitement leurs pustules du bout des ongles ou se faisant une visière de leur main verte pour se protéger de la lumière. Le moine ne put retenir un frisson devant une telle colonie de monstres. Il aperçut dans la foule un jeune homme à face de chien, le nez tronqué, traînant une jambe tordue, les mains galeuses, les dents pourries, un bandeau sur la tête, le pus coulant de ses narines et de ses oreilles. Non loin de lui, une femme portait un bébé dans ses bras. Le teint de l'enfant rappelait la fleur fanée, la peau se soulevait en croûtes sur sa tête chauve et sa poitrine tressautait au rythme des quintes de toux. Un homme âgé ne possédait, dans le prolongement de la colonne vertébrale, qu'une jambe légèrement incurvée vers l'arrière et le talon tourné vers l'avant. Le pied comptait sept orteils. Ses hanches étaient horriblement atrophiées et une barbe couvrait sa poitrine affaissée. Le moine remarqua encore un homme d'âge indéfini, ne possédant que quelques touffes de cheveux, comme collées sur un crâne en forme de fiole, le visage complètement ridé et la bouche s'étirant en une grimace depuis le nez jusqu'à l'oreille droite. L'ensemble des éclopés montrait des yeux ronds comme des assiettes et une bouche béante. Rendus stupides par la musique, ils ne pouvaient que rouler légèrement de gauche à droite, tentant de résister au flot de bruit qui les submergeait. Et lorsque le tour venait pour l'un d'eux de s'approcher pour s'exposer au son, il tombait sur le sol, pris de délire, l'esprit chaviré par un tel tonnerre.

Les habitants du monastère eux-mêmes ressentaient l'effet de l'orgue : leurs oreilles, habituées à n'entendre aucun son, pouvaient difficilement tolérer un vacarme comme celui-là. Une charge aussi brutale, pour sporadique qu'elle fût, les frappait à chaque fois d'étourdissement. Lors des cérémonies de guérison, ils fuyaient la clairière pour se réfugier sur le pourtour du parc. L'organiste ne souffrait pas autant qu'on pourrait le penser, placé qu'il était au cœur du maelström. Mais il devait se ménager des pauses. C'est ainsi que les doigts de l'ami quittèrent un moment les claviers. Il serra les paupières et se massa vigoureusement les tempes à pleines paumes, tandis que les derniers échos de l'orgue s'évanouissaient et que le silence retombait sur le monastère.

Il fallut un moment au moine pour revenir de son vertige. L'éblouissement se dissipa lentement. Il reprit son souffle, puis lâcha un sifflement discret à l'adresse de son ami. Celui-ci, mine de rien, vint le rejoindre à l'ombre des arbres. Ils se caressèrent les joues et les épaules en souriant.

« Tu joues bien, mon ami.

– Je te remercie, mon ami. Que fais-tu là ?

– Je suis impatient de jouer. Je venais voir où tu en étais. »

L'ami eut honte de se faire ainsi rappeler la faveur que l'autre lui avait arrachée. Il jeta un coup d'œil à l'orgue. Avec humeur, il dit :

« Tu aurais mieux fait d'aller te balader. Dans le parc, par exemple. Ça remet les esprits en place.

– Mais j'y suis allé ! Oh ! Mon cher ! Cela m'ennuyait tellement !

– C'est parce que nous sommes en été.

– Nous sommes en été ?

– Oui, tu ne le savais pas ?

– Non. Je ne m'en étais pas aperçu.

– C'est normal, l'été est la saison la plus ennuyante de toutes, celle qui passe inaperçue. Laisse-moi t'expliquer cela…

En vérité, je te le dis : l'été n'est pas une saison. Car une saison, cela signifie la transformation de la nature, qui suit son cours pour devenir quelque chose d'autre. Ce qu'on nomme *saison*, ce n'est qu'une cosse qui abrite des métamorphoses innombrables. Ça grouille, ça se convulse, ça bout, ça pourrit, ça geint, ça se distend au cœur de chaque saison. Tu vois, mon cher, le temps coule à une vitesse phénoménale, mais en souterrain, comme un ruisseau qui fuit au plus profond de la terre. En surface, nous ne voyons que les tortillements de la nature, comme du métal qui se tord lentement, et c'est cela qu'on appelle *saison* : ce brusque mouvement du temps, mais comme ralenti par le poids de la terre, des rochers, des arbres.

Or, en été, rien ne bouge. Regarde : les feuilles pendent aux arbres comme des larmes d'émeraude, les troncs semblent gravés au burin à même la surface du ciel. L'eau des bassins s'étale en un miroir d'huile. Sais-tu pourquoi il n'y a pas de mouvement ? C'est qu'il n'y a pas *besoin* de mouvement : il n'y a qu'en été que la nature est exactement comme elle le devrait. C'est un ange au comble de la perfection, qui arpente nos terres et suspend le temps entre l'infini de ses deux jambes. Ô pur esprit qui parviens à ce pas inconcevable où un pied quitte le sol avant que l'autre ne l'ait touché, dont l'encensoir se fixe au ciel et nous attrape dans sa fumée scintillante !

Tu vois, les autres saisons n'existent que parce qu'elles se distinguent de l'été : croissance, déchéance, mort, tout cela ne se comprend que par rapport à la pleine satisfaction de l'été. Il constitue la note de référence. Mieux, c'est la note absolue. Il n'a pas de valeur en soi, on ne peut pas le voir ni le sentir. Voilà pourquoi il ennuie tant. On ne s'aperçoit de sa valeur, de son existence, que quand on ne s'y trouve plus, quand on est ailleurs.

Oh ! L'été – oserais-je le dire ? – est un véritable Dieu ! C'est le moment où les éléments de la nature, ayant chacun atteint son état de parachèvement, se regardent et se reconnaissent dans une même apothéose. Ainsi, ils s'aiment. Ils s'attirent les uns les autres jusqu'à se fondre. Alors, le vide se résorbe et la sphère atteint sa pleine densité. La nature soupire une dernière fois avant de se lover sur elle-même. Puis elle s'endort et disparaît de nos esprits, nous laissant flotter dans un monde ensommeillé lui aussi, nous laissant pâlir dans un monde qui n'existe déjà plus. »

Le moine était ému jusqu'aux larmes. Il renifla et essuya du revers de la manche son nez dégoulinant. Puis il serra chaudement l'avant-bras de son ami entre ses deux mains.

« Je te remercie, mon cher, de corriger ainsi mon ignorance ! C'est la deuxième fois, aujourd'hui, que tu m'apprends quelque chose. Comment pourrai-je jamais te le rendre ?

– Mais c'est tout naturel, voyons.

– Ah ! L'été est bien la saison idéale pour réaliser mon plan ! C'est l'écrin rêvé pour accueillir Dieu !

– À ce propos…

– Oui ?

– Ah ! Je ne veux pas…

– Parle sans crainte, je t'écouterai sans préjugé, le cœur ouvert.

– Eh bien… Il est de mon devoir de t'admonester… Je… Je ne suis plus sûr de vouloir te prêter l'orgue.

– Comment ?

– Oui… comme je viens de te le dire, tu n'as pas besoin d'invoquer Dieu : par la grâce de l'été, nous nous trouvons déjà si près de lui ! Tu enfreindrais pour rien la règle du silence. Quand ils entendront le bruit, tous les autres viendront et ils nous jetteront dehors.

– Mais non ! Au contraire ! Ils seront fiers. Fiers et heureux de voir ce que leurs semblables ont accompli.

– Ce que leur semblable *a* accompli. Ne me rends pas complice !

– Allons ! Tu ne peux pas reculer ! Tu as déjà promis !

– Mais la règle l'interdit ! Tu dévoieras l'orgue ! Il n'est pas destiné à un tel usage.

– N'est-il pas destiné à adorer Dieu ? N'est-il pas destiné à chanter la grandeur de notre communauté ? »

C'est le moine, à présent, qui s'enflammait et l'ami qui paraissait au bord des larmes. Il plissait la bouche, fuyait le regard du moine et se balançait d'un pied à l'autre. Une rumeur discordante leur parvint de la clairière. Les malades s'impatientaient. Toujours muet, l'ami hésitait à faire quelque mouvement que ce fût. « On finira par nous surprendre ensemble. Allez ! Va ! Je te remercie du fond du cœur, mon adorable ami », conclut le moine. Puis il lui donna une tape sur l'épaule et le poussa sous la lumière. L'ami n'eut d'autre choix que de regagner son banc.

Quand la musique reprit, le moine se retourna et posa le front sur l'écorce de l'arbre. Le son l'étourdissait encore un peu, mais moins fortement. Et puis, il avait la tête ailleurs. Il révisait en pensée sa partition pour en corriger les dernières anicroches. Les mains sur les oreilles, il chantonnait. Les notes résonnaient dans sa gorge. Comme tous les frères, il possédait un don inné pour la musique. Même à voix basse, il chantait juste et, au simple contact des touches de l'instrument, ses doigts se mettaient à bouger, comme doués d'une vie propre.

À un moment, le moine frissonna malgré l'air tempéré et, à chaque mesure qu'il se répéta, le frisson s'intensifia légèrement. Il prit soudain conscience de sa nervosité, qui confinait à la peur. C'était seulement maintenant qu'il comprenait pleinement la majesté de sa tâche. Il fallait vraiment qu'il fût à la fois génial et courageux pour mettre au point et exécuter une œuvre aussi ambitieuse. Il avait le trac, mais un trac aux dimensions cosmiques. Le moine sentait, à l'avance, l'oreille de l'univers entier tendue pour écouter sa prestation. Il s'imaginait déjà le vacarme que feraient les moines, l'ovation tonitruante qu'ils allaient lui adresser lors de son triomphe.

Un à un, les éclopés défilèrent devant l'orgue. Enfin, le dernier s'en fut, le corps remis à neuf, sautillant d'allégresse. Le moine n'eut pas la décence d'attendre un seul instant. Il s'envola, comme la dernière note, en direction du ciel, bondissant hors des taillis et se ruant vers l'instrument. L'ami s'était levé, la main sur le front, la tête encore un peu tournante. Il vit avec inquiétude le moine accourir vers lui. Un scrupule le fit laisser sa main sur le clavier, comme pour le protéger ou pour tenter de marquer sa possession. En vain. Le moine le projeta à terre d'une solide bourrade, puis, en un ciseau acrobatique, il lança ses jambes par-dessus le banc et retomba dessus.

Cependant, il ne se mit pas à jouer tout de suite. Soit il révisa une dernière fois son morceau, soit la terreur lui immobilisa les membres, soit il savoura le moment qui marquait son passage au statut de héros. Devant cette hésitation, l'ami se dit, sans trop y croire, que s'il voulait encore arrêter le moine, par la persuasion ou même par la force, c'était le moment ou jamais. Mais il se contenta de reculer craintivement, le derrière toujours à terre.

Enfin, le moine posa ses doigts sur deux claviers à la fois et se mit à jouer avec assurance. La musique coula, tout à fait fluide, hors des tuyaux. L'ami se surprit à apprécier, à travers le chaos de ses pensées, la beauté de ce prélude. Les sonorités graves qui ouvraient le morceau se répandirent le long du sol comme un raz-de-marée. Le timbre était riche, la cadence, vive. Grâce à sa musique, le moine permettait à l'orgue de résonner comme jamais auparavant. L'instrument semblait, pour la première fois, jouer conformément à sa nature. On eût dit que les tuyaux chantaient plus fort pour faire honneur au texte qu'on leur demandait enfin de réciter. C'était comme une fleur gigantesque qui se déployait en un clin d'œil, tous les pétales placés exactement où il le fallait. À chaque nouvelle note, on avait envie d'acquiescer, car on se disait que celle-ci convenait et pas une autre. Les frères, répartis sur le pourtour du monastère, s'aperçurent immédiatement du changement de ton. Nul d'entre eux ne reconnut le morceau. Avec stupeur, ils devinèrent qu'il s'agissait d'une pièce nouvellement composée.

L'ami, quant à lui, continuait de reculer. Pris de panique, il fuyait devant cette énormité dont il ne pouvait pourtant détacher son attention. Le fond de culotte usé, les coudes éraflés, il battit en retraite jusqu'à ce qu'il heurtât quelque chose, à même le sol. Il se retourna, un instant distrait de la musique. Il tomba nez à nez avec une poule qui le dévisageait d'un air mauvais. L'animal était assis de travers sur un nid mal joint. Ce spectacle ajouta à la confusion de l'ami. Il hésitait entre le comique du volatile et le tragique sublime de la partition.

Tout à coup, saisi d'une idée folle, l'ami bondit sur ses pieds et attrapa la poule au passage. Celle-ci caqueta muettement, ses protestations réduites au silence par le grondement de l'orgue. Rebroussant chemin, l'ami courait maintenant en direction de l'instrument, les ailes de la poule entre ses deux mains. Ses genoux fléchissaient à mesure qu'il s'approchait. Le vent émanant des tuyaux l'étourdissait d'une manière presque intolérable ; à travers ses pensées en déroute, l'ami se dit qu'une rose s'ouvrant le matin devait produire, à son échelle, un souffle comparable. Tout de suite après, il se murmura à trois reprises qu'il devait éloigner le moine du vice. Ce fut lorsqu'il trébucha, à bout de souffle, qu'il ouvrit ses mains et lança le gallinacé le plus haut et le plus loin possible en direction du moine, dans l'espoir de le déranger et de mettre fin à son œuvre.

Qui sait ce qui traversa l'esprit de la poule durant le court instant où elle fendit l'air ? Nul ne le saura jamais. Mais le fait est que, claquant du bec et battant des ailes, elle dévia de sa course pour aller s'engloutir dans le plus gros des tuyaux de l'orgue ; quelques plumes revolèrent hors du sifflet. Aussitôt, la ligne mélodique s'inclina et l'harmonie éclata pour se dissoudre en un beuglement affreux. Le chaud ronronnement du début se tourna en un son rêche et tousseur. Les visages des deux frères arborèrent des émotions tout à fait contrastées : celui de l'ami rayonnait de joie, voyant l'édifice sonore s'écrouler tel un château de cartes, et celui du moine reflétait l'égarement. Les doigts écrasés sur le clavier, il cherchait à reprendre les rênes de la musique, mais chaque son qui sortait de l'instrument ressemblait au brame d'un animal blessé. Il semblait maintenant impossible de retenir les vomissements du mastodonte. Finalement, toute cette cacophonie, sans perdre de sa puissance, se fondit en deux notes dissonantes. Une infernale quarte augmentée battit lugubrement dans l'air et se prolongea à l'infini.

Les autres moines ne furent pas longs à se rameuter. Ils accoururent de la périphérie du monastère, où ils s'étaient cachés, pour se rassembler autour de l'orgue. À leur vue, l'ami sauta sur ses pieds et se joignit au groupe. Le moine gisait à genoux dans l'ombre de la console, le dos affalé, le front penché comme un tournesol flétri. Le son de ses pleurs était enseveli sous l'ultime intervalle de son opus raté. On le saisit par les épaules, par les bras, par les mains et on le traîna sur le sol. Puis, ouvrant le portail, on le jeta hors des murs. La porte du monastère se ferma définitivement sur lui.

*   *   *

Le moine se souvenait encore de la sensation de froid qui l'avait saisi dès qu'il s'était retrouvé au pied de la muraille. La robe mouillée de larmes, il avait frissonné. Il s'était ensuite rendu compte de l'épaisseur de ses membres. Ses bras lui avaient semblé potelés. Il s'était relevé en titubant, incommodé par cette sensation d'obésité.

À sa chute, sa jambe gauche s'était blessée, puis rapidement gangrenée. Peu de temps après, elle s'était mise à dégager une odeur nauséabonde, à laquelle le moine ne parvenait pas à s'habituer. Tordue comme une racine, elle le forçait maintenant à boiter. Aussi, il saignait périodiquement de la bouche et des gencives.

Pire encore, il s'était aperçu qu'il ne pouvait plus saisir quoi que ce fût dans ses mains. Celles-ci le faisaient souffrir aussitôt qu'il essayait de refermer les doigts sur des mottes de terre, sur des cailloux, sur des plantes. Chaque fois, il les échappait. De peine et de misère, cependant, il avait réussi à se construire un abri contre la paroi du monastère, poussant les roches et le branchage avec ses coudes ou ses genoux, malaisément courbé vers la terre.

Le moine connaissait peu la forêt alentour. Il se contentait de rester près de la muraille. Personne ne venait le voir, pas même son ami. Serré contre son feu de fagots, qui vacillait puis s'éteignait par intermittence, il se demandait quel temps il faisait à l'intérieur. En général, il ne percevait que le silence, troué quelquefois par le son de l'orgue. Il refusa toujours de se joindre aux processions de malades qui allaient se faire guérir.

Il ruminait continuellement son échec, grognant contre ses frères restés dans l'abbaye. C'était leur faute, se disait-il, si son ambition avait été réduite à néant. Il les haïssait, et une bonne partie de ses occupations consistait à chercher à leur nuire. Soit il se plaçait sous le vent pour les empester de l'odeur de sa plaie, soit il gueulait à tue-tête, soit il battait la paroi avec un bâton. Mais rien ne semblait attirer leur attention. Le moine ne savait même pas s'ils se souvenaient de lui. Le soir, quand il regardait clignoter les étoiles, il faisait le vœu que son œuvre inachevée eût fondé un nouveau mode, fût devenue le point de départ d'une gamme inouïe. Il croyait même, de temps à autre, alors qu'il cherchait des racines à manger, entendre dans l'air le bourdonnement discordant qu'il avait produit à la toute fin, comme un germe qu'il aurait planté et qui aurait, peut-être, fructifié ailleurs.

L'entrelacs de roses

O God, I could be bounded in a nutshell
and count myself a king of infinite space
– were it not that I have bad dreams.
SHAKESPEARE,
Hamlet, II, 2.

Au centre de la cour, le moine balayait les feuilles mortes. Tout autour de lui, le déambulatoire retenait l'ombre au creux de ses arcades. Comme une caverne, chacune d'elles voyait quelques gouttes suinter depuis sa clef de voûte et tomber une à une dans le vide. Les plantes, dans leurs pots de terre cuite, frissonnaient dans l'obscurité sur le rebord des murets. Parmi la frondaison, les feuilles jaunes des arbres interceptaient la lumière du soleil naissant, qui se faisait voir sur la bordure supérieure des bâtiments. Toute la cour baignait ainsi dans une grisaille incertaine, entre la profonde noirceur des galeries et le bleu croissant du ciel.

Le tapis de feuilles mortes se crevait par endroits, laissant voir la pelouse aplatie. Ces taches dessinaient des silhouettes d'hommes, que grugeait le dentelé des feuilles. Les limbes jaunes et couleur sang s'étageaient en un dégradé complexe, comme des cercles infernaux, avant d'aboutir à la forme elle-même. Le moine devinait là un bras, là une jambe, le plus souvent les contours sinueux d'une robe de bure. On aurait dit des amibes échouées sur une grève.

Le moine balayait aveuglément ce dégât. Les doigts pianotant sur le manche du râteau, il maniait celui-ci comme une faux, rasant la terre. Un bras droit, l'autre en équerre, il manœuvrait avec énergie pour ne laisser échapper aucune feuille. L'air d'automne était frisquet, des bouffées de vapeur s'échappaient de ses narines, formant au-dessus de sa tête des phylactères comme on en voit sur les enluminures. Pour lui, la journée continuait, et l'on devait supprimer tous les souvenirs de la nuit passée, de la même manière qu'on absout les péchés les plus noirs.

La veille au soir, ses confrères, voyant la vêprée douce et tempérée, avaient décidé de coucher dehors, à même le sol. Ils s'étaient étendus en chien de fusil, à l'abri sous la ramée, formant des boules au pied des arbres et dans la pelouse. Pendant la nuit, les feuilles avaient continué de tomber et s'étaient amassées autour d'eux, emprisonnant ainsi leurs formes. La cloche avait sonné tôt pour les appeler à la messe. Encore dans la noirceur, ils avaient émergé lentement de leurs tombeaux de feuilles mortes. Flottant plusieurs pieds au-dessus de la terre, comme des lucioles, ils avaient secoué leurs robes pour en faire tomber les particules sèches. Cela ne les fâchait pas d'avoir à se lever de si bonne heure, car plus la nuit s'étirait, plus leur sommeil devenait pénible à cause du froid.

La messe était terminée depuis longtemps. Les moines voletaient dans l'abbaye d'un air détaché, chacun plongé dans ses propres pensées. Certains étaient perchés sur les branches des arbres ; ils avaient rabattu leurs capuchons pour se protéger de la brume matinale et déposé un linge sur l'écorce pour ne pas se mouiller le fondement. Inclinant la tête, ils lisaient leurs bréviaires et ressemblaient à de grands choucas méditatifs. D'autres flottaient sous les arcades en bancs de poissons, ondulant tout près l'un de l'autre, chantant chacun son propre hymne ; leurs voix se répercutaient contre les voûtes et se mêlaient pour former un remous tumultueux. Par humilité, certains volaient très bas. Ils se détachaient du groupe pour glisser subtilement vers la terre, le front près du sol en signe de soumission ; cela sentait la vieille cave, l'humidité poivrée de la pierre. Les courants d'air se faufilaient facilement dans leurs vêtements par les cols entrouverts, et ces algues leur caressaient la poitrine, faisant constamment peser sur eux un risque de pneumonie.

D'autres moines encore planaient à proximité des colonnes qui rythmaient le déambulatoire. Ignorants du reste du monde, ils s'absorbaient dans la contemplation des chapiteaux ornementés. Ils enfonçaient un doigt dans les cavités de la roche et en suivaient les arabesques avec fascination ; la roche était encore humide de rosée, cela glissait bien. Quelques plaques de mousse faisaient accélérer le doigt et le tachaient d'une pellicule visqueuse. Les moines plongeaient parfois leurs dix doigts dans ces feuillages pétrifiés et l'extase les submergeait à mesure qu'ils caressaient les contours des feuilles d'acanthe et des épines de rose.

Ses frères papillonnant autour de lui, le moine balayait inlassablement. C'était là sa seule et unique occupation. Jour après jour, nuit après nuit, mois après mois et année après année, il recueillait ce qui tombait des arbres. Les feuilles chutaient de façon perpétuelle, en bouquets, comme des milliers de paupières qui se ferment. Sans cesse, le moine parcourait le monastère pour récupérer tout débris végétal d'une couleur révélatrice. Tandis que les autres méditaient ou se chantaient des psaumes, lui, il arpentait les corridors, frôlant les murs avec les mains et sifflotant. Et, par-dessus tout, quand ses frères s'adonnaient sans vergogne au sommeil, il se mettait en quête des quelques traces de couleur fauve engluées dans l'humidité, au pied d'une contremarche ou derrière une statue. Il s'aventurait dans les endroits les plus délaissés. Le vent était capricieux et malin, il s'emparait parfois d'une feuille pour aller la cacher dans un recoin insoupçonné où il fallait la débusquer. À cause de leur chute sans fin, les feuilles pouvaient se retrouver n'importe où dans l'abbaye ; les ramasser demandait un dévouement de tous les instants.

Le moine ne pouvait accomplir cette tâche infinie que grâce à une chose, un vœu merveilleux qu'il avait fait : ne plus jamais dormir. Oui, le moine avait rejeté l'endormissement, il avait voulu s'extraire du rythme quotidien des veilles et des sommes. Il laissait les autres fermer les yeux. Lui se consacrait à la recherche des feux disséminés dans l'obscurité du monastère, décelables en ce qu'ils imitaient le rayonnement des étoiles, dont la lueur le baignait toutes les nuits.

Le choix qu'il avait fait de rester constamment éveillé ne s'expliquait pas par une soudaine crise d'insomnie. Au contraire, il avait été mûrement réfléchi. Le moine s'était questionné, puis s'était posé des objections, puis s'était réaffirmé ses convictions, jusqu'à ce qu'il sût qu'il avait raison. La certitude dont il était pétri lui permettait de survivre parmi le trouble et le chaos de ce monde, parmi ses propres doutes et angoisses. Le premier soir où il avait regardé le soleil se coucher en sachant qu'il n'irait plus fermer l'œil tout de suite après, c'était comme s'il avait assisté à l'aurore d'une vie nouvelle. En sentant la noirceur gonfler autour de lui, il avait éprouvé la fierté de qui se sacrifie pour une juste cause.

Le raisonnement avait surgi tout d'un coup. Il était né d'une évidence : Dieu était parfait. Qui aurait pu en douter ? Il représentait l'absolu. Mais où chercher cet absolu ? Et où le trouver ? Le moine avait eu une intuition fulgurante : Dieu se cachait dans le petit, dans le pointu. Car l'absolu était une question de confinement, non d'éparpillement.

« Ils se trompent horriblement, s'était dit le moine, ceux qui voient l'absolu comme un espace illimité. Ils croient que le tout est la somme de tous les mouvements possibles, de toutes les courbes et de tous les soubresauts, mais penser cela, c'est utiliser nos propres conceptions et simplement les multiplier pour en parer Dieu.

« L'immobilité est intolérable à l'homme et c'est sans doute là, plutôt que dans l'agitation, que l'on peut trouver Dieu. S'il devait sans cesse bouger, il se perdrait hors de lui-même. En cherchant à créer constamment du neuf, il dépendrait de quelque chose d'autre que lui-même.

« Au contraire, il n'y a qu'un cachot infime qui puisse contenir la plénitude. Une ligne est déjà assez mince, un point est encore mieux, qui ne possède aucune dimension, qui flotte dans le vide en échappant à toute perspective. Et qu'y a-t-il après le point ? Il y a l'ouverture totale d'un enfermement impensable. Un Dieu tellement réprimé qu'il ne peut plus bouger, comprimé de toutes parts contre lui-même, sans aucune liberté.

« Voilà donc l'idéal : ne plus avoir à changer. Cela ne signifie-t-il pas qu'on a atteint la perfection, c'est-à-dire le moment où toute modification ne serait que dégradation et création d'un défaut ? En ne possédant plus de liberté, en n'ayant plus le choix, Dieu s'empare totalement d'une option, qu'il pénètre jusqu'à la fibre. Ne pouvant plus bouger, étant forcé d'obéir à une loi unique, l'infime devient son seul univers. L'un devient instantanément le tout. L'immobilité, pour nous, c'est l'ennui accablant, le lieu où l'on ne peut que mourir. Si elle échappe à nos capacités d'endurance au point que nous refusons d'y penser, c'est sans doute là que se cache Dieu, à l'abri de notre regard. »

Ainsi éloigné de l'imagination, Dieu était nécessairement inconnaissable pour les hommes. Mais lui, que pouvait-il savoir sur lui-même ? Le moine se rappelait avoir été las de penser, pourtant il avait senti qu'il était sur une voie féconde. Le sentiment d'une révélation extraordinaire en bout de ligne, qui l'attendait déjà, l'avait poussé à entretenir ses réflexions.

« Dieu, avait jugé le moine, ne peut rien savoir sur lui-même, car alors, il se définirait. Et parce que Dieu est au-delà de toute catégorie, se connaître lui est impossible : son auto-connaissance le déterminerait et il deviendrait fini. »

Non, non, cela ne pouvait être. Conséquemment, la suprême intelligence de Dieu résidait en fait dans la suprême ignorance de lui-même. Oui, oui, c'était bien cela, le moine en avait été convaincu : Dieu ne pouvait en aucune façon savoir qu'il existait. Quelle sagesse, tout de même ! Lové autour de soi, il *était* tout simplement, dans un état d'abrutissement et d'inconscience. Dieu, à ses propres yeux, se présentait comme une nuée d'inconnaissance, un grand vide où rien n'apparaissait aux yeux de personne.

« Et moi ? s'était soudainement interrogé le moine. Oh !... »

Il avait porté la main à sa bouche. La réponse lui était apparue claire et nette, plus vite qu'il ne l'eût voulu. Que faisait-il toutes les nuits ? Ne se trouvait-il pas dans le même état d'immobilité et d'hébétude que Dieu lui-même ? Oh ! bonté divine ! Quand il sortait du sommeil, comment savoir si, pendant ce temps, il n'avait pas, inactif et inconscient, pris la place de Dieu ? S'il l'avait détrôné et qu'il ne s'en souvenait plus ? Sacrilège !

À partir de ce moment, le moine s'était représenté le sommeil comme un état repoussant. Il n'avait plus été capable de gagner son lit comme il l'avait fait jadis, paisiblement, pensant déjà à la journée à venir, sans la moindre considération pour l'acte impie qu'il était sur le point de commettre. Quel meurtre se perpétrait aussitôt qu'il fermait les yeux ? S'enfoncer dans la couche et sentir, peu à peu, que notre chair vibre et s'effiloche... Quelle horreur ! Illuminé par cette révélation, il avait fait le vœu de renoncer et au sommeil et à l'inertie, pour affirmer clairement son respect de Dieu. Il avait juré de ne plus jamais fermer l'œil de la nuit.

Dans cette nouvelle existence, la première découverte du moine avait été de sentir vivement l'essence même de la nuit. Auparavant, il avait remonté les draps avant qu'elle ne fût tombée et ne les avait rabattus que brièvement pour matines, avant de retourner se coucher. Il n'avait pas connu la densité de la nuit à son plus creux. Elle avait un don magique, celui de doter d'une âme tout ce qu'elle avalait. Le moine, avant de faire son vœu, avait parfois jeté un coup d'œil à la forêt, loin au-delà des murailles, et s'était dit qu'elle, elle regorgeait de vie, avec ses arbres gigantesques et remuants. En revanche, jamais le monastère n'avait attiré ainsi son attention. Il constituait son environnement quotidien : ses murs, ses angles, ses coins, rien ne lui avait semblé digne d'intérêt. Il s'y ennuyait. Mais la nuit, il avait découvert qu'une métamorphose s'opérait. Les endroits familiers acquéraient soudainement une formidable proximité. Des yeux semblaient s'ouvrir un peu partout, même dans les parois les plus anonymes, et des doigts surgissaient juste derrière son dos.

En même temps que la nuit, le moine avait découvert la peur. En se promenant dans l'église, à minuit, il l'avait sentie tressaillir à l'extérieur de lui, comme une corde qu'on pince. Les roses du transept étaient rendues opaques par la noirceur du dehors. Devant les immenses troncs de pierre qui l'entouraient, devant l'enfilade des chapelles obscures, devant le panorama des ogives tendues comme des dolmens monumentaux, il s'était senti trop petit. Alors l'épouvante, goutte à goutte, s'était insinuée dans tous ses membres, des frissons d'horreur l'avaient secoué tout entier, son cœur avait battu à coups précipités dans sa poitrine. Le psaume lui était venu spontanément aux lèvres : « Tu ne craindras pas l'horreur des ténèbres. » Il le récitait chaque nuit.

Somme toute, abandonner le sommeil n'avait pas été un sacrifice trop coûteux. Mais devoir toujours bouger s'était avéré une tâche plus ardue. En effet, chaque repos, chaque pause que l'on prenait, chaque moment que l'on mettait à profit pour s'arrêter et souffler un peu lui avait semblé une insulte jetée à la face de Dieu : l'immobilité était privilège divin. Il fallait donc entretenir un mouvement incessant, prendre le corps comme une marionnette et ne laisser aucun fil sans tension.

Quand il lisait, le moine ne s'asseyait pas, mais marchait d'un pas fébrile autour du déambulatoire. Souvent même, il dansait, pour éviter que son torse, ses bras et sa tête ne restassent immobiles. Quand il mangeait, il tapait en même temps des pieds, sous la table, il roulait des yeux et faisait toutes sortes de moulinets avec ses bras, ce qui dérangeait fort les autres moines. Il avait développé une véritable discipline qui ne laissait aucune articulation au repos. Parfois, il se flagellait le dos et les membres, pour s'activer et repousser la fatigue. Lorsqu'il était forcé de se détendre, il s'imposait encore une série de mouvements qu'il répétait à l'infini, jusqu'à ce qu'ils devinssent automatiques et qu'il n'eût plus à y penser. Il pouvait ainsi prendre quelque répit, mais un geste réitéré trop souvent lui paraissait suspect, trop proche de l'immobilité, et il se remettait à avancer en gesticulant pour inventer des mouvements toujours nouveaux.

L'occupation la plus ingénieuse avait été de ramasser les feuilles. Manier le balai, le râteau ou la pelle exigeait une activation de tout le corps. C'était l'exercice idéal qui, en plus de faire fonctionner les muscles au grand complet, avait l'avantage d'être sans fin, grâce à l'automne perpétuel dont le cloître était gratifié. En se consacrant à cette activité nuit et jour, le moine avait appris à en distinguer les variantes. Par exemple, racler les feuilles qui jonchaient la cour procurait une sensation de confort et de détente, à cause du moelleux de la pelouse, du silence feutré que produisait l'instrument sur l'herbe. Balayer le sol de pierre, par contre, produisait un son horrible, comme un grincement de crécelle rouillée. Le moine n'hésitait pas non plus à chasser à mains nues : on le voyait souvent dans les endroits les plus imprévus, sous un escalier, derrière l'autel, surgissant des latrines, brandissant avec fierté par la tige une feuille écarlate ou jaune chamois.

Lorsqu'il restait trop longtemps dehors et qu'il se mettait à avoir froid, le moine allait se réfugier dans la seule partie du monastère qui était chauffée, le portique. C'était une pièce carrée, ouverte d'un côté sur la cour, fermée de l'autre par le portail. Celui-ci, à l'origine, avait servi à laisser passer les visiteurs, et le feu de brindilles, disposé spécialement à cet endroit, avait servi à les accueillir convenablement. Cependant, plus personne ne venait. Les gonds avaient rouillé, et la flambée, à présent, profitait seulement aux moines qui se trouvaient à l'intérieur. Malgré le feu, la pièce demeurait obscure. Ici, les moines venaient se reposer et prendre des forces.

Flottant avec indolence, ils se blottissaient tout en haut, contre le plafond, pour jouir le plus possible de la chaleur. Il y avait toujours beaucoup de monde dans le portique ; pourtant, personne ne se parlait. Quand le moine entrait, il s'asseyait sous ses frères. Il fermait les yeux et plongeait dans ses pensées ou, du moins, faisait semblant. Il se réjouissait secrètement d'avoir *a priori* une raison d'être renfermé : son vœu l'obligeait à se concentrer sur ses mouvements. Les autres, néanmoins, ne semblaient pas avoir de difficulté à trouver quelque prétexte pour assombrir leur visage. Les plus mystiques fermaient les yeux. D'autres psalmodiaient avec sévérité, le regard absent. Chacun avait une raison de se confiner en lui-même, et cela garantissait la quiétude à tous les autres. Lorsqu'il se recueillait avec la plus grande componction, le moine croyait sentir, au bout de ses doigts, la pierre se transformer en toile puis s'effacer. Il avait alors l'impression de basculer dans le néant.

Puisqu'il ne dormait jamais, c'était encore au moine que revenait la corvée de prendre la veille, de guetter une partie de la nuit sur les remparts, puis de sonner la cloche. Celle-ci annonçait l'office nocturne, la première, et la plus importante, des heures canoniales, entre minuit et le lever du jour. Cette charge lui était devenue si caractéristique que les autres moines en prenaient prétexte pour se moquer de lui : ils l'encerclaient et, tandis que certains, flottant près de lui, l'apostrophaient avec raillerie – « Frère ! Frère ! Dormez-vous ? Dormez-vous ? » –, d'autres, prenant dans les airs des poses grotesques avec leurs bras, se balançaient de l'avant vers l'arrière en imitant les cloches, flanqués de leurs comparses ricaneurs qui, mimant les sonneurs, faisaient semblant de tirer sur une corde et criaient « Ding ! dang ! dong ! Ding ! dang ! dong ! »

Toutefois, si la plupart des moines montraient au mieux de l'indifférence envers le serment de leur frère, certains, profitant de la nuit, venaient le voir. Victimes d'insomnie, ils volaient jusques en haut des murs pour parler avec lui dans l'obscurité. Ils l'interrogeaient sur ses actes, sur ses motifs. Poussés par une curiosité indiscrète, ils voulaient savoir comment il passait son temps lorsque tout le monde dormait. Parfois, ivre de fatigue, on lui avouait même qu'on l'admirait. Mais sitôt le jour revenu, tous se remettaient à l'ignorer.

* * *

Enfin novembre vint et, avec lui, la Toussaint. Une très ancienne tradition dans le monastère voulait qu'on accueillît, chaque année, sept étrangers déguisés et qu'on leur offrît un banquet. En échange, ils devaient souhaiter beaucoup de bonnes choses aux moines, les recommander à tous les saints et prier pour chasser les mauvais esprits. Cette tâche d'accueillir les étrangers et de les restaurer incombait depuis longtemps au moine. Elle répugnait aux autres frères, qui n'aimaient pas veiller tard et qui, de toute façon, détestaient ce devoir d'hospitalité : une fois par année, la nuit précédant la Toussaint, ils couraient s'enterrer loin sous les voûtes de la crypte et faisaient bombance entre eux, sourds aux bruits de sonnette qui les appelaient de l'extérieur.

Toutefois, depuis quelque cinquante ans, plus personne ne venait au monastère et, pour respecter le rituel, on n'avait trouvé d'autre solution que de faire jouer la comédie à sept membres de la communauté. Ceux-ci se déguisaient en laïcs, puis le moine les invitait à se mettre à table. Il leur servait alors une collation, après quoi les moines retournaient se coucher.

Ce soir ne différait pas des autres. On avait dressé la table sur les murailles. C'était une longue table, recouverte d'une nappe rouge qu'on avait dû fixer avec des attaches, à cause du vent qui soufflait fort. Les chandelles, à l'abri dans des citrouilles évidées, répandaient une lueur glauque dont l'orbe englobait le lieu du repas. Devant chaque moine se trouvait un couvert magnifique, avec un étui d'or massif, qu'on avait rempli de confiture de feuilles mortes. Il y avait également une cuillère, une fourchette et un couteau d'or fin, garnis de diamants et de rubis. Les sept malheureux tirés au sort, flottant à quelques pieds au-dessus du sol, maugréaient en attendant l'heure de manger. Le moine, quant à lui, patientait dans le portique. La règle voulait que, malgré tout, il fît le guet jusqu'à minuit, pour accueillir les improbables visiteurs qui viendraient sonner à la porte. À l'abri derrière le mur, il se tournait les pouces, tapait des pieds, hochait la tête et soupirait en écoutant le vent souffler dans les arbres à l'extérieur. Il grignotait distraitement les quelques bonbons d'accueil qu'il tenait dans un plat de service. Il fit si bien qu'il les avala tous.

Quelques minutes avant minuit, il se levait déjà pour aller servir ses confrères, quand la sonnette retentit. Ce ne fut qu'un tintement, mais si perçant et si inattendu qu'il le fit sursauter. Les autres frères, sur les murailles, dodelinaient de la tête et lentement s'affaissaient ; ils se réveillèrent brusquement. Le moine suspendit son pas et se retourna à moitié vers la porte. Bien qu'agité de ses éternelles convulsions, il resta tout de même quelques minutes face au mur avant de se décider à ouvrir. Ce qu'il vit tout d'abord fut la monture attachée au loin à un tronc d'arbre. Puis il remarqua l'étranger qui se tenait devant lui. Il était grand, mince, portait une chemise beige et des pantalons bouffants. Il tenait à la main une lance de bois que couronnait une petite croix de métal.

« Qui êtes-vous ? demanda le moine en tentant de garder un ton cordial malgré la surprise et la méfiance.

– Je suis un voyageur qui demande le gîte pour la nuit.

– Fort bien. Quel est votre nom ?

– Je me nomme Frère Iseult.

– Ha ! ha ! ha ! Ha ! ha ! ha ! ha !

– Eh bien ! Qu'y a-t-il ?

– Ha ! Ha ! Comme dans le roman !

– Hélas ! »

Sans attendre d'invitation, Frère Iseult pénétra dans le portique et tendit les paumes vers la flamme. Le moine, reprenant son sérieux, ferma la porte. La main encore sur la poignée, il s'adressa au nouveau venu :

« Vous arrivez à un moment particulier : c'est ce soir notre banquet de la Toussaint.

– Vraiment ? demanda Frère Iseult d'un ton enchanté.

– Oui, mais… aucune place n'a été prévue pour vous.

– Ah bon… dit-il en se rembrunissant.

– Vous comprenez, il y a si longtemps que nous avons vu des étrangers... Mais il faudra bien vous trouver un couvert. Venez avec moi. »

Le moine partit d'un pas vigoureux, et Frère Iseult le suivit. Ils passèrent sous les arcades, où le moine saisit au passage une feuille morte qui traînait sur la rambarde. Puis il invita son hôte à le suivre dans un escalier. Les marches étroites tournoyaient jusqu'à donner le vertige, puis débouchaient sur le sommet des remparts. Quand il sentit l'air frais sur ses joues et qu'il vit où on l'avait emmené, Frère Iseult recula de peur.

« Holà ! les remparts ! Et à minuit ?

– Eh bien, oui. Qu'y a-t-il ?

– N'avez-vous pas peur ?

– De quoi ?

– Les spectres n'apparaissent-ils pas à minuit ? Les âmes sans repos ne viennent-elles pas hanter les chemins de ronde, armées de pied en cap, le teint blême et le regard triste ?

– Vous ne savez pas que la veille de la Toussaint, les spectres banquettent entre eux et n'apparaissent pas aux vivants ?

– En êtes-vous sûr ?

– Tout à fait. Suivez-moi. »

Les moines s'étaient remis à somnoler et l'effet de surprise qu'aurait dû provoquer l'apparition de l'étranger fut grandement atténué par l'hébétude générale. On n'entendit que quelques interjections isolées, à mesure que chacun se réveillait. Frère Iseult fut installé au bout de la table. Le moine lui donna un couvert, mais il fut impossible de lui trouver un étui d'or massif, parce qu'on n'en avait fait faire que sept, pour les sept moines. Frère Iseult crut qu'on le méprisait et grommela quelques menaces entre ses dents. Aucun des moines, pourtant, ne s'aperçut de sa mauvaise humeur et on se mit à se restaurer sans faire plus attention à lui. Le moine connaissait l'impatience de ses frères en ce qui avait trait à cette cérémonie tardive, aussi ne leur avait-il préparé qu'un repas léger, fait de potage et de biscottes. Frère Iseult se reput lui aussi, sinon avec plaisir, du moins avec gratitude. Le repas terminé, on avala un petit verre de spiritueux, et les moines commencèrent à donner leurs bénédictions à l'abbaye.

Le plus jeune fit le souhait qu'elle fût la plus belle du monde ; celui d'après, qu'on y sût la théologie à la perfection ; le troisième, que ses membres eussent une grâce admirable à tout ce qu'ils feraient ; le quatrième, que les feuilles la couvrissent d'un panache d'or ; le cinquième, qu'elle retentît des chants du rossignol ; le sixième, qu'elle ne fût jamais importunée par des visiteurs. Le moine applaudissait à chaque déclaration, ravi de voir son abbaye ainsi inondée de grâces. Vint le tour du septième, qui souhaita à tous un heureux repos. Les autres n'avaient pas sitôt répondu « Amen » que la troupe

106

était déjà dans la cour du bas, couchée à même le sol et ronflant avec béatitude.

« Désirez-vous aussi faire un souhait ? demanda gentiment le moine à Frère Iseult.

– Hélas ! Je souhaiterais le sommeil à tous, si ce n'était déjà fait.

– Ah, ah ! Voulez-vous les rejoindre, alors ? suggéra le moine avec humeur.

– Non. Je resterai ici jusqu'au matin, puis je reprendrai ma route.

– Voilà qui est mieux parlé ! Que diriez-vous si nous discutions toute la nuit ?

– Oui, cela passera le temps.

– Prendrez-vous un peu de thé ?

– Certainement. »

Le moine mit de l'eau à bouillir et posa deux tasses sur la table, puis il jeta des feuilles sèches au fond d'une théière. Pendant qu'il faisait ces préparatifs, il demanda à Frère Iseult s'il connaissait l'histoire du thé. Celui-ci ayant répondu par la négative, le moine se proposa de la lui raconter :

« Jésus s'étant fait arrêter peu après son dernier repas avec ses disciples, il fut emmené chez Ponce Pilate. Pilate n'apprécia guère son silence, aussi exigea-t-il qu'il fût puni. Après qu'il eut été flagellé, les soldats l'encerclèrent. Ils lui crachaient dessus et se moquaient de lui, lui tournant autour, imitant sa démarche, le nommant « Roi des Juifs ». On lui attacha une cape rouge autour des épaules et l'un des soldats tressa une couronne d'épines qu'il lui déposa sur la tête. Mais ce faisant, il ne s'aperçut pas que du sang s'était déposé sur sa main et que trois cheveux du Christ y étaient restés collés.

« Lorsque le soldat rentra chez lui, les trois cheveux se détachèrent de sa main et vinrent choir devant le seuil de sa maison. Quelle ne fut pas sa surprise de voir, quelques jours plus tard, qu'une plante avait poussé devant chez lui ! C'était une plante qu'il n'avait jamais vue, avec sa tige coriace et ses petites feuilles brunes, dentées et lancéolées. Il l'oublia bien vite. Pourtant, un jour qu'il avait mis de l'eau à bouillir sur un feu de bois, une brise souffla, qui enleva trois feuilles de l'arbuste et vint les déposer dans son chaudron. L'eau prit instantanément une belle teinte mordorée. Le soldat, intrigué, goûta à cette mixture. À partir de ce moment, il ne parvint plus jamais à dormir. Le sommeil lui avait été enlevé pour l'éternité : ce fut là son châtiment pour avoir humilié le Christ. »

Frère Iseult s'avoua fort édifié par cette histoire. En remerciement, il leva sa tasse en direction du moine et chacun but une lampée. Le moine sentit la chaleur lui descendre jusqu'à l'estomac. Il savoura cette brûlure un instant, puis se mit à questionner son hôte :

« Frère !

– Qu'est-ce ?

– Je veux vous parler.

– Faites.

– Dites-moi, quel est le but de votre voyage ? »

À cette question, Frère Iseult sembla vouloir se recueillir. Il ferma les yeux un moment et serra les dents. Puis tout son corps se mit à trembler. Alors, ne pouvant plus tenir, il libéra un gigantesque éternuement qui parut le soulager fort. Reniflant profondément, il s'essuya les ailes du nez, puis prit la parole.

« Depuis longtemps, dit-il, je suis affligé d'une peine insupportable : j'ai perdu le sommeil. Quand les autres, les épaules brisées de fatigue, regagnent leur masure pour jouir d'un repos bien mérité, je me vois arpenter les chemins de campagne, maudissant la malédiction qui me poursuit. Isolé, rejeté, je ne connais plus cet état d'oubli où tous peuvent se plonger. Les eaux du Léthé me demeurent inaccessibles… J'ai donc entrepris une quête. Mon but est de mener une *reconquista* pour bouter hors du royaume de Morphée l'oppresseur qui tient Sommeil captif. Car je suis persuadé qu'un ennemi proprement diabolique veut me soustraire au repos et je dois l'affronter de face. Si les dieux veulent me favoriser, j'atteindrai mon but et retrouverai enfin le sommeil. »

Le moine demeura ébahi un long moment. Il lui semblait que les faces des citrouilles se tournaient toutes dans sa direction, que leurs rires n'éclataient que pour lui. Ces visages jaunes et édentés hoquetaient comme de vieilles femmes en ricanant de sa déconvenue.

« Vous… Je… Vous voulez dire que vous considérez le sommeil… comme une bénédiction ? demanda le moine interloqué.

– Tout le monde n'en fait-il pas autant ?

– Que non, monsieur ! Je le tiens pour la chose la plus laide du monde ! Je bouge et je veille à chaque instant pour le combattre !

– Oh, oh ! Cette paisible rencontre sur les murailles se révélerait-elle, en fin de compte, une véritable confrontation d'idées ? Mais je crois que vous avez raison : tout le monde ne considère pas le sommeil comme le plus grand des bonheurs, aussi vous ferai-je son éloge :

ÉLOGE DU SOMMEIL

Personne n'aime le sommeil. Au mieux, on l'ignore et on se couche en pensant déjà à ce qu'on fera le lendemain. Le moment où nous nous étendons enfin ne sert qu'à nous tourmenter : il nous rappelle les erreurs du jour qui finit et nous peint les malheurs du jour à venir. Par un fol acte d'orgueil, à l'aube de ce merveilleux événement, nous dressons encore la liste des tâches dont nous devrons nous charger, comme un marchand continue de faire ses comptes avant de mourir. Si l'on demandait à quiconque quels ont été les plus beaux moments de sa vie, lui viendrait-il à l'idée de mentionner les milliers d'heures d'endormissement ? Pour l'homme, seul ce qu'il a vu, pensé, jugé a de la valeur. Cela, oui, existe, mais le reste ? Sur notre lit de mort, nous nous retournerons vers le passé et croirons voir dans notre dos un paysage uni et resplendissant. Magnifique paysage, en vérité !

La vie apparaît comme un jour lumineux, mais l'ombre ? Mais l'ombre… Elle y rampe, elle y fourmille et, sitôt qu'on y porte attention, elle se révèle dans toute sa pesanteur. Ne sentez-vous pas que vos vies si légères sont enchaînées à un poids formidable ? Que le sommeil est un bloc dont vous essayez d'oublier la masse tandis qu'il vous entraîne dans les profondeurs ? Comme par magie, ces heures de honte où nous ne nous appartenons plus semblent disparaître d'elles-mêmes. Et pourtant, c'est un oiseau qui revient, chaque nuit, poser ses ailes sur nos paupières. Y a-t-il moments plus précieux dans notre existence ?

Le sommeil permet de refaire nos forces et d'oublier nos soucis. Plus que le repas, il réconforte, comme s'il posait deux mains sur nos épaules pour délasser notre nuque. Sentez le doux clapotement des instants qui le précèdent, les seuls instants peut-être où vous ne craignez plus la mort, mais choisissez de vous y abandonner avec allégresse. Oh ! votre pensée, alors, ne cherche plus à résister et sourit en respirant l'air du large ! Quelle douceur de se glisser entre les draps, comme dans un suaire ! Ensevelis dans le secret, entendez le doux ronronnement de l'amarre qui file et le chuintement de votre barque à l'abandon. Quelle délicieuse ivresse monte à la tête lorsqu'on pousse ses pieds dans les draps froids, lorsque le drakkar funé-raire tangue et vous berce en laissant chantonner les vagues alentour !

Prenez garde, cependant, de vous adonner au sommeil d'une manière irréfléchie. L'approche doit se faire avec précaution, comme lorsqu'on danse : certains dansent à l'aveuglette, en bondissant comme des chiens fous, mais d'autres prennent grand soin de leurs pas et de leurs postures. L'essence du sommeil est l'oubli total, mais les façons d'y parvenir diffèrent. Il faut avant tout s'endormir dans un endroit que l'on connaît ; l'inconfort de se trouver en un lieu nouveau, et la nervosité qui en découle, troublent l'esprit et l'empêchent de s'abandonner tout à fait. C'est pour cette raison que la chambre est le lieu le plus sacré de l'univers : vous trouverez le sommeil le plus pur dans ce lieu familier, si familier qu'il s'efface et, dans le vide ainsi créé, appelle la dilatation de l'esprit. À chaque endroit que vous visitez, dites-vous que vous pourriez vous y endormir et examinez quels en sont les détails qui vous plaisent : si je devais m'endormir dans telle salle d'auberge, le banc de bois me siérait-il ? Et si je devais m'assoupir dans tel jardin, le pied de cet arbre me semblerait-il confortable ?

La couche elle-même doit être choisie avec soin. Avant tout, elle doit être unique, car coucher à deux est la pire chose qui se puisse faire. La simple présence de l'autre suffit à déranger : la façon dont il bouge durant la nuit, sa respiration, ses mots balbutiés, bref, son rythme intime est différent du vôtre et ne peut qu'entrer en dissonance avec lui. Ensuite, on ne devra dormir que couché sur le dos, les jambes droites et les bras le long du corps ; c'est dire qu'il faudra s'abstenir de dormir assis sur une chaise, à genoux à l'église, accoté contre un mur ou dans toute autre position anguleuse.

Le sommeil est l'aboutissement de la journée et sa portion la plus noble. Ô villes ! Qu'avez-vous fait du respect de vos nuits ? Éteignez-vous à la noirceur tombée, ne cherchez pas à veiller malgré tout. Sachez obéir à la fracture primordiale, apprenez à souffrir dans la dignité.

Il faut que l'activité diurne soit faite uniquement en fonction de son terme. Ainsi, en vue du sommeil, il faut étaler ses repas pour que le dernier finisse de se prendre exactement deux heures avant le coucher : un estomac trop vide ou trop plein trouble le repos, tandis qu'une digestion lente et paisible instille un délassement identique à travers tout l'organisme. Il faut également se fatiguer d'une manière mesurée, c'est-à-dire ni peu ni prou, dans le but d'accueillir le repos avec gratitude, sans qu'un épuisement excessif ou qu'une énergie débordante n'agace les nerfs. Toutefois, soit par obligation, soit par goût, on pourra se ménager des journées plus harassantes, qui permettront de s'adonner au bonheur inestimable de la sieste. On choisira de faire la sieste durant les après-midi pluvieuses, lorsque le bruit de l'eau et la grisaille du ciel donnent au sommeil qui gonfle un parfum de tombeau. Enfin, on ne se lavera pas le corps avant de se coucher, pour ce que la peau trop propre est toujours source d'un vague picotement pendant quelques heures. Par contre, on se lavera les dents et les cheveux qui, s'ils sont trop sales, dégagent une odeur dérangeante.

On néglige le sommeil, car on n'a jamais vraiment senti sa noblesse. Le lever du sommeil… Qui s'aperçoit qu'il colore l'âme de reflets étonnants ? Il laisse d'abord deviner sa venue par une lueur au-dessus de l'horizon. Lentement, des oiseaux se remettent à chanter. La rosée perle sur les paupières et coule dans la pupille pour laver nos yeux de leurs fatigues. Quelque chose de nouveau se fait jour. La lumière révèle toutes ces plantes dont le dentelé, dans la noirceur, nous blessait les mains.

Des palmiers se dévoilent, d'amples fougères s'éclairent peu à peu, des buissons de roses ! Le sommeil levant déploie à nos yeux une contrée dont nous faisions partie sans le savoir. Ô merveilleuse découverte ! Nous étions dans le noir, nous ne connaissions – et si peu – que nos membres transis, mais voilà qu'une bouffée d'air vient nous chauffer le visage et soulever le voile du corps pour apporter une bonne nouvelle : « N'ayez plus peur ! »

Le sommeil, lorsqu'il se dresse, abstrait l'âme de ce monde-ci et la hausse vers le Seigneur. La Vierge n'a-t-elle pas dû s'endormir avant de monter aux cieux ? Le véritable but de la religion est atteint dans le sommeil : l'individu n'existe plus. Qu'on s'assoupisse de mille manières, tout finit par plonger dans le même abîme. La bordure – et soudain plus rien. Dans cette chute exemplaire qu'est le sommeil, l'âme se pulvérise sitôt qu'elle quitte le bord, puis se dissout en une pluie argentée. Durant ces heures magiques, il nous est donné de retourner au creuset originel, à l'unité primordiale. Nous gisons les uns sur les autres en nous confondant. La différence n'est qu'illusion : n'avons-nous pas la même âme, puisque tous nous dormons ? Et, au réveil, nous oublions tout, car nous n'étions rien. Mais l'intuition d'avoir vécu un mystère ineffable et la conviction que nous ne sommes pas seuls nous remplissent d'un calme inébranlable qui, seul, permet de faire face au jour qui s'annonce.

Voyez l'astre resplendissant du sommeil. Que son sourire est doux et léger ! Comme il ouvre gentiment les paupières ! Le voyez-vous, ami ? Ne le voyez-vous pas ? Comme il brille, de plus en plus radieux, de plus en plus puissant, couronné d'étoiles ! Ne le voyez-vous pas ? Comme de ses lèvres une haleine suave et délicieuse s'échappe doucement ! Ami, voyez ! Ne le voyez-vous, ne le sentez-vous pas ? Suis-je seul à entendre cette mélodie qui, si légère, si merveilleuse, soupirant de bonheur, disant tout avec douceur, s'échappe de lui ? Elle prend son élan, elle me pénètre, et son timbre résonne dans l'espace. Ces flots de parfums, comme ils se gonflent, comme ils m'enivrent ! Dois-je respirer ? Dois-je regarder ? Je veux les savourer, m'y plonger avec délice, dans ces parfums, m'évaporer. Dans la masse des vagues, dans le tonnerre des bruits, dans le Tout respirant par le vide du monde, me noyer, m'engloutir, perdre conscience – volupté suprême ! »

Frère Iseult pleurait. Ses yeux demeuraient ouverts et pourtant ils se remplissaient de larmes, jusque sous les cils. Le moine, pour sa part, observait par-dessus les murailles. Depuis longtemps, il avait cessé d'écouter Frère Iseult. Regardant distraitement les feuilles mortes virevolter dans l'air froid, il s'était laissé aller à ses rêveries. Les citrouilles ne diffusaient plus aucune lumière. Les deux personnages se faisaient face, l'un crispant sa main sur son bâton de bois, l'autre entrechoquant ses genoux et cassant des morceaux de biscottes entre ses doigts.

Soudain, dans la noirceur encore tenace, parvint aux oreilles la voix de la cloche qui sonnait : « Je veille dans la nuit. Que ceux qui rêvent du sommeil prennent garde. Je pressens le danger pour ceux qui se bercent d'illusions. Craintive, j'avertis pour qu'ils se réveillent. Prenez garde ! Prenez garde ! Bientôt la nuit s'enfuit. » Les deux moines levèrent la tête d'un seul coup et regardèrent au-delà des murailles. Scrutant l'opacité, il leur sembla, en effet, qu'une frange au sommet des arbres s'éclaircissait lentement. Le moine, heureux de ce prétexte, déclara qu'il devait descendre aux cuisines, car il avait promis de confectionner un agneau avant l'aurore. Frère Iseult annonça de son côté qu'il reprenait la route. Ils longèrent le parapet puis s'engagèrent dans l'escalier en colimaçon. Là, à travers les murs, ils entendirent de nouveau la voix de la cloche qui les prévenait : « Prenez garde ! Prenez garde ! Déjà, l'aube gagne le ciel. » Puis, quand le moine ouvrit la porte à Frère Iseult pour le laisser sortir, la voix retentit une troisième fois : « Prenez garde ! Prenez garde ! Bientôt le matin rouge sera ici. » Frère Iseult embrassa cérémonieusement le moine sur la joue et quitta le monastère.

Il grimpa sur sa monture et donna deux coups de talon dans ses flancs creux. L'animal se mit en marche. Avec la nitescence, le vent se levait dans le ciel. Il faisait bruire les feuilles de la forêt. Celles-ci ressemblaient à des milliers d'écailles cireuses. Elles frissonnaient comme sur le dos d'un animal qui s'ébroue en se levant. Elles débordaient de vie. Leur vue réjouissait Frère Iseult et l'incitait à la méditation. Il se disait que, elles aussi, elles avaient atteint la perfection, qu'elles existaient sans s'en rendre compte, comme tous ceux qui avaient la chance de dormir.

Une feuille pendue à une branche basse se balançait au milieu du chemin ; elle attira l'attention du frère. Elle portait, dans son limbe, un trou qui laissait voir le ciel. Le frère devint songeur et se dit que c'était là sa façon à elle de rêver. C'était sa façon d'être pénétrée d'une réalité tout autre, lointaine et plus vaste qu'elle, mais nichée en son épaisseur, incrustée aussi intimement qu'un pépin dans la chair d'une pomme.

Un tremblement secoua Frère Iseult de la tête aux pieds. Involontairement, il serra très fort les rênes. Jamais il n'y avait pensé, mais il se rendait compte maintenant à quel point le rêve était un blasphème. N'était-il pas le grand ennemi du sommeil, le corrupteur de la perfection, l'instigateur du péché ? Le sommeil était oubli total, disparition de la vie, état de sublime béatitude ; le rêve était tout le contraire : l'intrusion du mouvement et l'apparition de la conscience. Il peuplait une douce noirceur de couleurs criardes, de formes piquantes et fiévreuses. D'un bloc de plomb, il faisait un bouillonnement fumant.

Le frère pensa au moine qui venait de le mettre à la porte. Ce moine aussi était sacrilège, puisqu'il abjurait le sommeil. Il consacrait sa vie à troubler le repos de l'univers par une agitation immorale. Les pensées du frère dansèrent un instant, se rapprochèrent et s'unirent en une figure qu'il n'aurait pu soupçonner. La conclusion s'imposa à son esprit : « Le rêve et le moine ne font qu'un. »

Et si lui-même était incapable de trouver le sommeil, se disait Frère Iseult, ce ne pouvait qu'être la faute de ce monstre à deux têtes. Pour qu'un châtiment aussi immonde pût exister, il fallait que ce fût en rêve – et qui d'autre que ce moine dément pouvait rêver une telle abomination ? De toute évidence, le moine rêvait un monde d'où le sommeil était banni, un monde de péché, constamment en éveil, où les justes étaient privés des délices du paradis et où lui-même régnait en maître. Frère Iseult se frappa la poitrine en exhalant un profond soupir. Il se maudissait d'être rêvé par un être comme celui-là, de se voir prisonnier d'un univers si abject. Coincé dans les songes d'un autre, il n'avait aucune issue, sinon endurer son mal pour l'éternité.

Ou alors, il fallait que son ennemi s'endormît, mais d'un sommeil lourd, où sombreraient aussi toutes ses lubies. Le seul espoir de Frère Iseult était que l'amnésie tombât sur le moine et, l'enveloppant de sa cape, lui bouchât les yeux à jamais. Tandis que le cheval continuait d'avancer dans la forêt, ignorant des pensées de son maître, Frère Iseult se souvint du souhait auquel il avait encore droit. Il émit le vœu que le moine se perçât la main d'une épine et qu'il s'endormît à jamais. À cette seule condition pourrait-il trouver le salut.

* * *

Le moine assistait à l'office du matin. On l'avait placé à l'arrière, pour que ses gesticulations ne déconcentrassent pas ses confrères. Ceux-ci volaient autour de l'autel ; certains chantaient séparément, d'autres montaient pour agiter l'encensoir, d'autres descendaient pour quérir une hostie, d'autres tournaient en rond en prêchant.

Indifférent à ce manège, le moine contemplait le Christ sur la croix. « Lui seul, se dit-il, a droit à cette position : aucun autre homme ne recèle assez de divinité pour se permettre de s'endormir. » Si, au jardin des Oliviers, il avait été le seul à veiller, donnant l'exemple à tous, une fois revenu dans le sein de Dieu, il lui avait été accordé de trouver le repos à jamais. Le Christ en croix n'était plus mort, il avait dépassé la mort pour aller au-delà : il s'était assoupi. Pourtant – et cela constituait son mystère –, il demeurait humain ; ne pouvait-on voir ses paupières entrouvertes ? Par leur mince fente, ses yeux témoignaient de la vie qui les animait encore. Peut-être même le Christ rêvait-il, peut-être que ses yeux contemplaient des scènes étranges et barbares ?

Quel exemple que le Christ ! Quelle beauté que le rêve ! N'était-il pas, pour l'homme, le seul espoir de rédemption ? Le sommeil demeurait l'apanage du divin, mais rêver permettait d'introduire la finitude dans cet état de perfection. Ce faisant, l'homme réintégrait sa place d'honneur, au sein de la divinité. Comme le rêve se lovait dans le sommeil, comme il se blottissait en lui et, bien que différent, y était toléré comme une partie du tout, de même, la dignité de l'homme consistait à être inclus dans Dieu sans toutefois prendre sa place. Le rêve représentait la seule chance de salut pour l'humanité : ne plus être séparée de son Créateur, mais exister en lui parce qu'il songe à elle.

À l'intérieur d'un vide sourd et aveugle, aménager un espace pour le bruit et la rage.

« Il est dans la nature de Dieu, pensa le moine, de tout incorporer en lui, même le péché. » Les autres moines continuaient à célébrer la messe d'une manière désordonnée. « Dieu souhaite ce qu'il y a de meilleur pour ses enfants ; or, le rêve est l'état parfait ; donc, tout homme ne peut être qu'un rêve. Nous sommes des créatures du songe, nous agissons étrangement, d'une manière chaotique, car la vapeur est notre trame. Admis dans la pupille de Dieu, nous la peuplons, sans qu'il s'en irrite, de vacarme et d'éclat. Comme un père généreux, il permet que nous criions et que nous hurlions sans que cela trouble son sommeil. »

Soudain, le moine fut saisi d'une crampe à l'estomac. Une sueur froide couvrit ses omoplates. Une idée venait de poindre en lui : et si jamais Dieu s'arrêtait de rêver ?

Il était impossible que Dieu se réveillât, car sa perfection reposait tout entière dans son hébétement. Mais son rêve, lui, pouvait disparaître… Qui sait si, après un cycle de cent mille ans, il ne passait pas à une nouvelle phase de sommeil – profonde, celle-là, sans mouvement et sans couleur ? Qui sait si l'humanité ne se volatiliserait pas lorsque Dieu, au bout d'une éternité, se tournerait de l'autre côté ?

Le moine réagit d'une manière étonnante à cette idée : presque sans y penser, il arrêta net ses gesticulations. Personne ne remarqua le changement. Il sortit de l'église à pas mesurés. Ses muscles étaient parcourus d'un fourmillement dévorant. Après tant d'années d'agitation, cela lui fit un drôle d'effet de les sentir enfin au repos. Le moine plissa les lèvres de dégoût : pour la première fois depuis qu'il avait fait le vœu de ne plus dormir, il se haïssait. Le mouvement frénétique auquel il s'était astreint jusqu'ici lui paraissait désormais insupportable. Il marcha jusque sur les murailles et s'assit, bras et jambes raidis, sur le parapet. Même le vent qui soufflait lui parut détestable.

D'un air absent, il fixait les arbres au-delà des murailles. Le moine subissait un renversement complet de philosophie. Il ne comprenait pas ce qui s'était passé : quelques instants auparavant, il songeait encore sans conséquence, et voilà qu'il se trouvait torturé par une nouvelle question épineuse. Pour la dernière fois, il s'enfonçait dans les broussailles de ses réflexions, il poussait son esprit à suivre encore plus avant les entrelacs qu'il savait si bien tisser.

La règle qu'il avait observée durant toutes ces années devait être brisée, il le savait : l'agitation, le mouvement, tout, maintenant, lui rendait plus sensible le temps qui filait. Ce temps qui devait, inévitablement, mener à la conclusion du rêve divin. Mais comment le moine pouvait-il faire pour que le rêve dans lequel il vivait cessât de progresser, tout en demeurant malgré tout un rêve ? « En m'endormant. » Se pétrifier pour préserver une situation sans pareille, n'était-ce pas là l'idéal ? Frissonnant devant cette précieuse découverte, plein d'un nouveau courage, le moine redressa le dos. « Mais, en ce cas, se dit-il avec enthousiasme, il faudrait un endormissement universel, une torpeur qui descendrait sur tous les fronts, pour que le rêve en entier se fige dans la perfection ! »

Acquiesçant du menton, pianotant dans sa paume ouverte, il descendit les marches jusqu'au jardin. D'un autre côté, se dit-il, qu'allait-il se produire si, une fois endormi, il se mettait lui-même à rêver et donnait naissance à des créatures capables, par un simple repos, de l'éliminer ? Ces créatures usurperaient sa place dans le rêve parfait de Dieu. Il lui faudrait donc un sommeil épais comme du goudron, le type même de sommeil qu'il souhaitait ne jamais voir naître chez Dieu. Oui, voilà qui ferait l'affaire.

Néanmoins, le moine ne pouvait se résoudre à s'endormir pour de bon : et si, malgré tout, le sommeil demeurait un péché ? Les êtres du rêve – ses confrères et lui –, en sombrant dans l'inconscience, n'iraient-ils pas, peuplade sacrilège, prendre la place du Dormeur lui-même ? Comment sortir de ce dilemme ?

La seule échappatoire que le moine put concevoir fut que le sommeil tombât sur l'ensemble des frères sans qu'ils le sussent. On ne fait le mal que volontairement. Le moine souhaita avec ferveur que, en accord avec sa volonté intime, mais sans en avoir conscience, le monastère entier fût condamné à l'endormissement. Qu'un Judas frappât à la porte, au beau milieu de la nuit. Qu'il lui donnât un baiser provoquant la léthargie et s'en allât, son travail accompli. Alors, sans qu'il fût pécheur, son désir le plus cher se réaliserait...

Les autres frères étaient à présent sortis de l'église et planaient dans l'air, entre les branches. Le moine arpentait la pelouse avec perplexité, toujours empêtré dans ses délicates considérations. Il aperçut une feuille sèche égarée dans un buisson d'épines aux branches inextricables. Sans même y penser, par un automatisme dont il n'avait pu encore se défaire, il s'approcha d'elle et tendit les doigts pour la retirer. Il n'eut pas plus tôt effleuré l'épine que, comme il était fort nerveux, et un peu distrait, il s'en perça la main et tomba endormi.

Aussitôt, tous les autres moines, qui voletaient un instant auparavant, tombèrent comme une gerbe de feuilles mortes. On eût dit que le vent venait de se fâcher et que, d'un coup, il avait précipité à terre tout ce qu'il restait de parure aux arbres. Ce fut comme une tempête de neige, et l'on n'y voyait goutte tant il y avait de moines qui tombaient, une armée de papillons endormis. Puis un grand silence se fit sur le monastère, le vent même cessa de souffler et d'agiter les branches. Tout autour de l'abbaye, il crût une si grande quantité de grands arbres et de petits, de ronces et d'épines entrelacées, que ni bête ni homme n'y put jamais passer.

Théodyssée ou la tentation solaire

Les moutons déguerpirent lorsque le branchage s'ébroua. Ils vinrent se blottir autour de leurs maîtres assis en rond sur un lit de copeaux, leur laine grise, leur chair rose dans la neige blanche poudreuse. La bouilloire sifflait sur le feu ; l'un des bûcherons hésita un moment avant de se lever. Puis, d'un geste vif, il retira la bouilloire de sur les braises et la déposa dans la neige, ce qui produisit un bruit assourdissant, comme celui d'une averse. Une main dans sa barbe tressée, l'autre agrippant le manche de sa hache, il s'approcha des taillis avec prudence. Il recula lorsqu'il en vit surgir le vieux moine.

Ce dernier ne sembla remarquer aucun des hommes assemblés sous les branches des sapins. Vêtu de haillons, boitant, il poursuivit son chemin, les mâchoires serrées. Le bûcheron baissa sa hache et alla retrouver ses compagnons. Tous regardèrent d'un œil mauvais le moine passer devant eux et descendre péniblement la dune vers Tadoussac, en contrebas. L'un des hommes aiguisait un bâton ; il se coupa. Un autre jeta un morceau d'écorce dans le feu, qui se mit à fumer abominablement. Un autre encore mira les feuilles au fond de sa tasse de thé froid et jeta le liquide brun par-dessus son épaule. Le premier bûcheron, lui, souleva le couvercle de la bouilloire, puis, voyant

123

que l'eau avait refroidi, donna un coup de pied dedans. « Ce sera une mauvaise journée », dit-il. Les autres acquiescèrent, comme s'ils savaient que leur secret allait être éventé.

À cause de son pied bot, le vieux moine gardait difficilement son équilibre dans la pente : il avançait légèrement de biais, les bras tendus à l'horizontale. Le soleil brillait, mais sa lumière était diffuse dans les minces fibrilles des nuages, si bien que le ciel tout entier semblait une étoffe de coton sale. Dans la saison d'hiver où tout semble ralentir, le soleil lui-même devait retenir ses pulsations.

En trébuchant, le moine déboucha dans Tadoussac. À cette heure du jour, en plein milieu de l'après-midi, les rues du village étaient désertes. Elles taillaient l'agglomération en un damier difforme et les bancs de neige leur faisaient de hauts flancs, comme d'une carène de navire. Une odeur de nourriture flottait dans l'air. Les pois jaunes cassés, mis à tremper toute la nuit, avaient été écrasés ce matin et mijotaient maintenant dans d'énormes chaudrons noirs. On y avait ajouté de l'oignon, de la marjolaine et du laurier. Du fumoir, on avait retiré quelques tranches de lard qui rissolaient dans la poêle et viendraient enrichir le potage. Il y avait aussi les effluves des pâtés de viande à la cannelle qui cuisaient lentement dans le four et l'arôme piquant du feu de bois. Ces odeurs seules peuplaient les allées étroites, tandis que les femmes se reposaient et que les hommes étaient encore à la forêt.

À l'entrée du village, un bout de laine, au bas de la robe du vieillard, se détacha et tomba dans la neige. Encore un peu chaud de la chaleur du corps, le fil grésilla. La neige fondit et la laine spongieuse absorba de cette eau, qui se recongela immédiatement, l'emprisonnant dans une gangue de glace. Ainsi, sans que le moine s'en aperçût, la robe commença à se défaire lentement, à mesure qu'il quittait Tadoussac. Les maisons étaient rapprochées les unes des autres. Des cordes de bois longues et compactes prolongeaient les corps de bâtiments, comme des appendices caudaux. Le village ressemblait ainsi à un banc de têtards fuyant l'étranger solitaire.

Le moine parvint à la sortie de l'agglomération. Passé un bouquet d'arbres, le chemin bifurquait un peu et, à l'abri derrière une congère, le vieil homme put ralentir. Il n'aurait pas aimé que quelqu'un l'abordât alors qu'il traversait le village. En marchant, il frappa ses talons contre ses mollets pour ôter la neige qui commençait à coller entre les orteils. C'est alors qu'il s'aperçut que sa robe s'était défaite. Il avait à présent les jambes découvertes, le sexe à l'air, ainsi que tout l'abdomen. Mais cela ne semblait pas le déranger. Sa peau était rouge sombre, comme d'excitation ou de colère, avec des plaques écarlates sur le ventre. Seul le pied gauche, qui faisait un angle avec le droit, avait pris une couleur bleutée, persillée de veines mauves. Le vieux moine passa par-dessus sa tête le froc loqueteux qui lui pendait sur les épaules et il s'en fit un pagne de fortune. Son pied lui faisait mal, il serra les dents et se remit en marche.

Les branches des arbres se tendaient pour toucher le ciel gris. Hors du village, le chemin n'était plus aussi encaissé. Il se transformait plutôt en une piste à peine dessinée. De même, les bancs de neige s'abaissaient en une plaine boursouflée, juste un peu moutonnante, gambadant autour des rocs et des racines. La pente descendait inévitablement vers le bord de la falaise. Quelques grandes touffes d'herbe jaune conservées malgré le froid s'agitaient dans le vent d'une manière spasmodique. Les pas du moine éraflaient la neige dure du chemin ; des pellicules ainsi arrachées se cabraient et venaient se coincer dans la bure de son pagne. Les plaques de glace croûtées, à son passage, craquaient comme des pattes de chaise. Des grêlons, suivant la pente naturelle de la route, rebondissaient sur la carapace glacée. C'est ainsi que le moine parvint au bord du gouffre.

Il s'avança aussi loin qu'il put sur le surplomb. À ses pieds, le Saguenay se déployait comme une salamandre de glace, longue et souple, mais toute saillante d'éperons cristallins. Dans le lointain, entre les rideaux que formaient deux caps, la rivière allait rejoindre le Fleuve, encore plus immense qu'elle. Le moine contempla un moment le vide qui le noyait. Puis, il dirigea son regard vers le bas et examina la plaine. Il cherchait à y descendre. Toutefois, ne sachant comment faire, il se tenait debout au bord du trou, penché obliquement comme un beaupré, se balançant juste un peu au gré du vent. Sa respiration montait en crosses vaporeuses. Le ciel était tantôt d'un gris perle, tantôt éclairci de lactescences bleutées.

Le vieux moine passa nerveusement une main dans sa chevelure, de courtes épines grises clairsemées. Derrière lui, il trouva un arbre, un bel érable brun, grand et fort, à l'écorce rugueuse. Il constata avec surprise que, à mesure qu'il avait respiré, les volutes de son souffle étaient allées s'enrouler autour du tronc et des branches. En effet, des serpentins s'élançaient hors de sa bouche ; les plus épais s'arrimaient fortement au tronc solide, tandis que les plus fins s'élevaient tranquillement pour aller se mêler aux brindilles. Le moine ferma la bouche. Alors, son souffle passa par son nez, et les tentacules en surgirent pareillement, mais plus fragiles. Il rouvrit la bouche et respira énergiquement, dans un grognement des bronches. Les lacets, cette fois, émanèrent du nez comme de la bouche et s'enlacèrent plus intimement encore à l'arbre. Avec confiance, le moine recula lentement, jusqu'à ne plus sentir le sol sous ses pas et, alors, il se laissa filer dans le vide, ballotté par les bourrasques glaciales, comme une araignée au bout de son fil.

L'immensité sous ses pieds semblait tanguer. La vaste plaine striée de fibres jaunâtres que formait le Saguenay lui paraissait une plaque instable, posée sur les eaux. Le souffle du moine commença à s'accélérer ; le filin de brume qui sortait de sa bouche se fit plus ténu, bien qu'il se dévidât toujours. Le vieillard plissa les yeux, scrutant le désert de neige sous lui. Soit la lumière était trop aveuglante, soit il avait cru à des mensonges, mais il ne trouva pas ce qu'il cherchait. Il regarda alors vers le haut. La crête de la falaise, surplombant sa tête, lui semblait bien lointaine. Elle commençait déjà à se perdre dans les vapeurs des hauteurs. Il avait chaud, il essuya du revers de la main la sueur qui coulait sur son front et dans ses yeux. D'un brusque mouvement du tronc, il tourna le dos au paysage et regarda défiler la roche, à quelques pieds devant lui. La falaise était creusée en surplomb, le fort courant de la rivière ayant érodé sa base. Le moine avait ainsi l'impression que la paroi se refermait sur lui.

Soudain, un craquement retentit dans tout le fjord. Le vieillard vit avec horreur des morceaux de bois – de l'écorce grise, de la moelle dorée – jaillir de la brume et voler autour de sa tête. Il sentit en même temps que le vide l'aspirait beaucoup plus vite. Son souffle resta coincé dans sa gorge, ses entrailles lui semblèrent tomber jusqu'entre ses cuisses. Il chuta un long moment, battant l'air des bras et des jambes.

Il atterrit dans la neige accumulée au pied de la paroi. Il se reçut mal, son pied prenant un angle encore plus baroque. Sa gorge ne put retenir un cri de douleur abominable. Peu après, de grosses branches tombaient à côté de lui dans un bruit étouffé. Les larmes aux yeux, le moine se releva de peine et de misère, en grinçant des dents. Il massa ses membres chenus, puis, rageusement, il se mit à donner des coups de poings dans la montagne, les uns suivant les autres de près, sans pouvoir s'arrêter. Des filets de sang apparurent sur ses jointures et coulèrent dans ses paumes. « Par la Tête-Dieu ! Maudit arbre ! Arbre maudit ! Jamais plus tu ne porteras de branches ! »

Les épaules affaissées, le moine se remit en marche. Il avança péniblement pendant un moment, tout empêtré dans les amas de neige. Il arquait ses jambes du mieux qu'il pouvait et faisait de grandes enjambées pour caler le moins possible dans la poudreuse. L'ombre de la falaise se maintint longtemps sur sa tête, et la plaine lumineuse, qui, tout à l'heure, semblait se tendre vers lui comme une paume, lui paraissait maintenant très lointaine. Quelques roches transies éclataient parfois et, se détachant de la paroi, venaient échouer dans la neige autour de lui. Il n'y avait là aucune végétation. Peu à peu, les vents commencèrent à souffler. Bientôt, le moine émergea à la lumière, accueilli par des rafales assourdissantes. Cela le fouetta, il reprit courage.

La glace verdâtre qui, à présent, couvrait le sol était lisse et retenait à peine assez de flocons pour procurer de l'adhérence aux pieds nus. Pourtant, le moine, tronc droit, continuait d'avancer ; il ne semblait pas sentir le froid qui le happait au passage. Dans le ciel d'après-midi, le soleil avait commencé de se flétrir, tandis que la lune s'ouvrait déjà comme une fleur, demi-lune d'une teinte aigue-marine, qui suivait le marcheur d'un œil menaçant.

Après une très longue progression, le moine, soulagé, aperçut au loin le but de son voyage. Il ne s'était pas trompé. D'abord, ce fut le feuillage des arbres, deux ou trois bouleaux, qui surgit dans la lumière. Puis, les troncs laiteux se déroulèrent lentement au-dessus du fil d'horizon. Dans un dernier effort, le moine pressa le pas. Il aperçut enfin, au pied des arbres, les douze croix brunes plantées dans la glace.

En automne, avant que les eaux ne se figeassent, les villageois montaient en barques et allaient jeter les dépouilles des trépassés dans l'eau sombre et stérile ; selon la vieille croyance, la mer se souvenait des morts mieux que la forêt, gardienne des vivants. Puis, en hiver, lorsque la rivière gelait, de modestes boutons poussaient à travers la glace. Ils se développaient lentement pour prendre la forme de croix de bois. Le tout éclosait en un modeste cimetière marin. Un villageois avait un jour constaté ce phénomène et, depuis, le secret en avait été gardé avec crainte et respect. Les bouleaux, qui servaient de gardiens au site, demeuraient toutefois un mystère.

Le vieux moine pénétrait maintenant cahin-caha dans l'enceinte du cimetière. Il pencha la tête, salua les arbres et vint toucher les croix les unes après les autres. D'un bois éburné, elles paraissaient grossièrement taillées. Le moine planta ses ongles entre leurs rides. L'ombre procurée par les bouleaux vacilla sous le coup d'une bourrasque. Le vieil homme baissa les yeux, compta les croix pour s'assurer qu'il y en avait bien douze, puis les regarda encore une fois avec fierté et tristesse.

« Les Évangiles n'ont pas menti… », murmura-t-il entre ses dents. Regardant les croix d'un œil enflammé : « Par le corps du Christ ! Vous serez vengés, fidèles disciples, vous serez vengés au centuple, dans le sang et dans la haine ! » Au cours de sa longue vie, dans son ermitage de la toundra, le moine avait rencontré divers voyageurs, avides de troc, d'échanges fructueux. Au fil des ans, il avait ainsi réussi à recueillir des fragments de plusieurs évangiles apocryphes. Certains d'entre eux, curieusement, mentionnaient le même épisode : les douze apôtres, réunis dans une maison de Jérusalem peu après la mort du Christ, avaient été encerclés par les soldats de Pilate. Ceux-ci avaient massacré et dépecé les disciples, puis en avaient jeté les morceaux dans la mer Morte. Le Saguenay y prenant sa source, comme chacun le sait, les morceaux en avaient suivi le cours et avaient échoué quelque part près de Tadoussac. Les Évangiles divergeaient cependant sur un point : selon l'Évangile des Éboulements, le cimetière ne contenait que les douze morceaux d'un seul apôtre ; l'Évangile de Blanc-Sablon, lui, disait qu'il s'agissait de douze morceaux complémentaires de chacun des douze apôtres ; et, selon l'Évangile de La Prairie, tous les apôtres y étaient au complet, mais tous en morceaux.

Ah ! Si le Christ avait encore été vivant, jamais il n'aurait laissé ses apôtres se faire ainsi massacrer ! Les flocons de neige fondaient à présent lorsqu'ils tombaient trop près de la peau ridée du moine. Celui-ci s'était assis sur le sol et avait appuyé son dos osseux contre un des bouleaux. Il fixait toujours passionnément les croix de bois, en se parlant à lui-même, le nez appuyé sur ses doigts croisés : « Non ! Cela n'aurait pas été ! Non ! Ah ! Comme il le leur aurait fait payer ! Il aurait fait barricader les portes de la maison. Puis il serait apparu, splendide, dans une mandorle de lumière, l'arc à la main. *Vous m'avez crucifié ? Vous avez enfoncé des clous dans mes paumes ? Vous avez brisé les os de mes orteils ? Vous m'avez regardé suffoquer en riant ? Ah ! Vous aimez les épines ? Et quel effet vous font les miennes ?* Oui, c'est ce qu'il aurait dit. Puis il aurait décoché ses flèches. Je les vois. La première entre dans la cuirasse du Romain, elle s'enfonce dans son foie. Une autre traverse un œil et la cervelle blanche badigeonne les murs. Une autre entre dans le ventre, traverse les entrailles et ressort par l'épaule. *Vous pouvez tenter de fuir, mais je crois que nul ne sortira d'ici vivant.* Le sang aurait coulé jusque dans la rue, il aurait terrifié les passants. Ils auraient su qu'on ne s'attaque pas impunément au Christ ! »

Perdu dans ses pensées, le vieillard s'était mis à dodeliner de la tête. Voilà plusieurs jours qu'il marchait à travers bois, sans manger. Mais maintenant que le moine était parvenu au but de sa quête, l'épuisement commençait à avoir raison de lui. Cependant, même au bord du sommeil, la conscience vacillante, il ne renonçait pas à ses rêves de massacre : « Entrez, entrez, que je fonde sur vous comme une pluie d'acide. Ah ! Toi ! Tiens ! Ha ! ha ! ha !… Oh ! Vos femmes aussi je les ferai périr ! Et vos enfants… voici leurs dents. Les voulez-vous ? Leurs doigts ? Ha ! ha ! ha ! Vos joues sont baignées de larmes. Le sang ruisselle sur les murs. Des chapiteaux des colonnes. Oh ! le sang ! Ma lame ! Que je vous… Que le monde sache… Que le monde s'embrase… » Lorsqu'il s'endormit enfin, le moine entendait encore les cris atroces des brûlés vifs.

Au réveil, il ne sut pas quelle heure il était. Le ciel avait la même couleur, la demi-lune et le soleil pâle se le partageaient encore. Combien de jours avait-il dormi ? Ou peut-être seulement cinq minutes ? Il se frotta les paupières. Derrière le rideau des bouleaux, le fjord s'étendait toujours en un désert de glace. L'air soufflait en chuintant, cela sentait le poivre. Le moine se releva et alla de nouveau toucher les croix, comme pour se convaincre qu'il n'avait pas rêvé. Il recula ensuite, sans tourner le dos au cimetière, jusque sous le feuillage du premier arbre. Là, il leva le bras vers les tombes, paume tendue, comme une lame. « Je vous fais le serment, ô disciples, que votre maître reviendra. Il ne sera plus longtemps loin des siens. Déjà tout proche, il sème pour tous ses ennemis le meurtre et la mort », déclara-t-il d'une voix forte. Puis il poursuivit : « Je jure solennellement de ramener le Christ. Lui divisé, je réunirai ses reliques pour que sa vengeance s'accomplisse. J'irai quérir ses restes où ils se trouvent, pour qu'il reprenne son trône légitime. » Il compléta, à voix basse, pour lui-même : « Que ton corps délié se regroupe, qu'il devienne un. Ton corps est un arc, ô Christ. Je veux entendre le son de ta corde. »

131

Le bûcheron, sur la falaise, vit le spectre du moine quitter le cimetière. Il cracha dans le vide et retourna au village.

*   *   *

La marche ne se faisait pas sans peine ; le moine traînait son pied comme un boulet. Pourtant, même dans la bise mordante, sa peau demeurait rosée, ses joues et ses oreilles, plutôt cramoisies. En route vers la trappe d'Oka, le moine arpentait des sentiers qui n'avaient pas été foulés depuis longtemps. De hautes dunes s'élevaient en bordure des chemins, semblant se refermer sur lui pour l'écraser. La poudrerie fouettait sa carcasse. Parfois, il devait détourner le visage et attendre que la bourrasque soit passée. Des arbres noirs et secs se dressaient comme des torches pour bouter le feu au ciel. Personne ne semblait fréquenter ces routes, toujours encombrées de neige, sur lesquelles le moine laissait sa trace asymétrique. Pour étancher sa soif, il façonnait de temps à autre une boule de neige, qu'il croquait à moitié, puis qu'il jetait au loin comme une pomme trop sûre. Il lui arrivait de s'arrêter dans une auberge rencontrée au hasard, où il en profitait pour prêcher et pour demander l'aumône.

Le vieux moine poussa la porte et reçut comme une caresse la chaleur du feu de foyer. Tout l'intérieur rougeoyait. Seuls deux carreaux donnaient sur les montagnes, au loin, qui peu à peu bleuissaient, puis noircissaient. De dimensions réduites, la salle accueillait un petit nombre de personnes, une douzaine en tout, cinq attablées et les autres accoudées au comptoir. Le moine s'assit. On regarda, surpris, cet homme nu entrer avec la tourmente. La patronne s'arc-bouta sur la porte, mal refermée, puis elle vint demander au moine ce qu'il désirait. Il ne réclama qu'un peu de pain, précisant avec mauvaise humeur qu'il n'avait pas d'argent. La grosse femme le toisa, moitié avec colère, moitié avec crainte, avant de s'éloigner.

Il fallut peu de temps avant que les lazzis ne se missent à fuser. On le traita de pouilleux, de fou, on lui dit d'aller quêter ailleurs, de ne pas vivre aux dépens des bonnes gens. L'un des clients, un fusil passé en bandoulière, vida son assiette de ragoût. Il saisit ensuite l'écuelle souillée et, souhaitant bon appétit, il la lança à la tête du moine. Celui-ci l'évita de justesse. L'assiette rebondit sur sa table en tintant. Il ne dit mot, mais il ruminait au fond de lui-même de funestes pensées. Enfin, la patronne lui amena un panier de pain, des tranches vert-de-gris qui sentaient la cave.

« Vous riez, vous vous moquez de moi, parce que le maître n'est pas là, maugréa le moine en mâchonnant. Mais il approche. Vous le croyez mort, mais il revient. Bientôt, très bientôt, il rentrera dans sa maison pour se faire justice. Il vient se venger des inconscients qui dilapident son bien et qui se moquent de ses serviteurs. » Un éclat de rire accueillit cette déclaration.

« Cette histoire-là est déjà finie, ermite. Trouve-t'en une autre à laquelle croire !

– Non, elle est encore inachevée. Il reste au Christ à revenir et à punir les mécréants.

– Quand ça ? lança un autre client. Dans un mois ? Dans un an ?

– Aussitôt qu'il sera réuni.

– Tu fais fausse route, mendiant.

– Non ! Il est déjà trop tard pour changer de conduite. Par le bras de Philippe ! Le maître a vu comment vous agissez, il arrive pour châtier ceux qui le méprisent. Ne le sentez-vous pas ? »

Le moine soudain ferma les yeux et renifla dans les airs. Le sourire s'effaça du visage des clients et fut remplacé par l'inquiétude. « Oh ! Ne le sentez-vous, ne le voyez-vous pas ?

Le Christ surgira du ciel, il se penchera avec des dents d'acier sur notre basse terre. Il aura six ailes sans plumes et une toison de soufre. Il aura la forme d'une bête bleue à trois cornes. Son premier nom sera *Je garde rancune*, le deuxième, *Il est ulcéré*, et le troisième, *Celui qui hait*. Oh ! Son arc se tend déjà, ne le sentez-vous pas dans vos muscles ? » La patronne, en colère, interrompit la prédication du moine :

« Maudit mendiant ! Le Christ n'est pas aussi violent que tu le dis.

– C'est vrai, renchérit un autre : la haine attire la haine, mais le Maître, lui, est bon.

– Vous mentez ! Jésus ne dit-il pas, dans Matthieu : *N'allez pas croire que je sois venu apporter la paix sur la terre ; je ne suis pas venu apporter la paix, mais le glaive ?* Et chez Luc : *Je suis venu jeter un feu sur la terre, et comme je voudrais que déjà il fût allumé !* Oh ! Seigneur ! Comme je voudrais, moi aussi, que ton brasier consume toute cette ordure !

– Ordure vous-même, eh ! cria l'homme au fusil, insulté.

– Si le Christ est aussi méchant, argumenta la patronne, comment se fait-il qu'il soit aussi aimé de tous ?

– Et Ulysse ? » cria le moine en donnant du poing sur la table.

Les clients échangèrent un regard d'incompréhension. Certains se cachèrent derrière leur bock de bière. Le silence tomba sur l'auberge.

« Quoi, Ulysse ? demanda-t-on enfin.

– Et Ulysse, lui, n'a-t-il pas été sans pitié ? N'a-t-il pas massacré atrocement les prétendants ? Ne s'est-il pas fait justice de la manière la plus sanglante ? Pourtant, on l'admire, on l'adule. C'est un véritable héros.

– Oh ! Ulysse ! lui répondit-on en agitant le poignet, pour le faire taire.

– C'est un vaurien ! lança une voix.

– Quoi ? »

Cette fois, le moine était debout, la face congestionnée, crispant les poings.

« C'est vrai que c'est un vaurien, et un vaniteux, par-dessus le marché, commenta une cliente, l'index levé doctement. Par exemple, quand Circé lui a dit de ne pas prendre les armes contre Scylla, eh bien ! il les a prises quand même ! Et pas une seule arme : deux javelines ! Résultat : tout son équipage s'est fait bouffer. Ça vous semble être quelqu'un de modeste, ça ?

– Bien dit, approuva l'homme au fusil. En plus, c'est un sacré menteur. Toujours à conter des bobards. Même à sa femme, allez !

– Et puis, moine, vous dites qu'il s'est fait justice. Moi, je le trouve plutôt injuste, déclara la patronne. Une de mes cousines travaillait là-bas, à l'époque. Elle dit que tout le temps qu'il a été au palais, avant sa vengeance, il s'est fait passer pour un vieillard débile, comme vous l'êtes. Bien sûr que tout le monde le méprisait, vu qu'il avait l'air tellement faible ! S'il était rentré comme un vrai seigneur, on n'aurait pas agi comme ça avec lui. Personne ne pouvait se méfier en connaissance de cause. Il est déloyal, je vous dis.

– Et pour en revenir au Christ, il est déjà ressuscité, de toute façon. Il est assis à la droite du Seigneur.

– S'il n'est pas vengé, pour moi, le Christ est mort ! hurla le moine. »

Il entra alors dans une grande fureur. Il se mit à lancer son couvert, à briser sa table et sa chaise contre les murs. Les clients se ruèrent sur lui. On l'empoigna et on le jeta dehors, tout gesticulant. Le moine roula dans la neige. Se poussant avec son seul pied sain, il rampa jusque dans l'étable, où il s'endormit.

Il se réveilla aux premiers bruits provenant de l'auberge. C'était encore la nuit, mais il se remit en route, de peur d'être surpris par les clients. Pendant de longues semaines, il chemina difficilement avant de parvenir à la trappe d'Oka.

Une forêt s'étendait sur plusieurs lieues à l'arrière du monastère et c'est par là que le vieillard décida de s'avancer. Prudent, il voulait observer de loin, avant de commettre son forfait. Car il était certain que jamais les moines de l'endroit ne voudraient lui céder leur précieuse relique ; il s'agissait donc de la voler. Progressant à pas de loup, le vieux moine avisa une grille qui perçait le mur d'enceinte. Il était tôt, encore, dans le matin, l'obscurité persistait. Le moine en profita pour s'approcher, sautillant de manière syncopée dans la neige. Il se plaqua contre la paroi. Aucun son ne venait de l'intérieur. Il se dit que les moines devaient encore dormir. Un cri d'oiseau le fit sursauter. Il longea le mur avec précaution, les épaules rentrées, jusqu'à ce que son nez fût tout près de l'embrasure. Curieusement, une forte odeur de parfum lui parvint aux narines. Inclinant lentement la tête, il jeta un coup d'œil dans la cour et fut stupéfié du spectacle qu'il découvrit.

Sur le sol mêlé de neige et de terre, une cinquantaine de moines en robe de bure étaient couchés. Visiblement, ils étaient tous endormis, certains la bouche ouverte. Entre leurs corps étalés, on apercevait des buissons tout en fleurs, des fleurs roses aux pistils blancs et aux pétales délicats. Le moine restait immobile, ne sachant trop que faire. Il ramassa un peu de neige et en fit une boule qu'il lança par-dessus la muraille. Regardant à la dérobée, il la vit atterrir sur la tête d'un des religieux, qui ne broncha pas. Une légère poussée, puis une bonne secousse appliquées à la grille lui prouvèrent qu'elle était verrouillée. Le vieillard entreprit alors de l'escalader. Il retint son souffle tout le temps de son ascension, lorsqu'il fut à califourchon au-dessus des pointes des barreaux et lorsqu'il chuta maladroitement sur le sol gelé, mais il ne provoqua aucune réaction.

Contournant la masse des dormeurs, il fit le tour de la cour et parvint sous les arcades du déambulatoire. Il regarda d'un côté puis de l'autre, désorienté. Un frisson s'insinua dans son dos : il avait la désagréable sensation de se trouver dans une nécropole. Ses pas le menèrent d'abord dans l'église, puis dans toutes les chapelles, mais sa quête fut infructueuse. Dans le réfectoire, il en profita pour voler un bout de pain. Au hasard de ses errements, il aboutit dans un couloir blanchi à la chaux. Une série de portes faisait face à une série de fenêtres. Il poussa l'une des portes et pénétra avec assurance dans la chambre de l'un des moines.

La cellule semblait, elle aussi, plongée dans le sommeil. Vide, glaciale mais en ordre et nullement poussiéreuse. Il n'y avait pas longtemps que les frères avaient été pris de torpeur. On trouvait là un lit de bois et un bureau sur lequel reposaient une pipe et une tasse de tisane refroidie. Un crucifix était fixé au mur. Les mains du moine retirèrent de sous le lit un coffret moitié dorures, moitié bois bleu et en levèrent les clenches. De l'intérieur du coffret apparut une petite châsse, aux arêtes soulignées de rubis, d'émeraudes et d'or. Toutes les faces étaient faites d'un cristal pur comme de l'eau. Elles abritaient un pied aux longs orteils, beige, s'étirant jusqu'à la cheville, avec des ongles comme de l'onyx. Le vieillard déposa en tremblant la relique sur le lit, fit un baluchon avec le drap et s'enfuit en courant par le portail.

Ce furent encore des semaines de périple à travers les intempéries, en direction du monastère suivant. La route que longeait le moine était bordée de buissons épineux et squelettiques, envahissant bien le tiers du chemin. Soudain, des grognements parvinrent à ses oreilles et le bruit s'amplifiait à mesure qu'il avançait. À vingt pas devant lui, les halliers se trouaient. Ils laissèrent paraître un paysan, des hardes sur le dos. La brèche donnait sur un sentier qui menait à des bâtiments de bois défraîchis, tassés les uns sur les autres comme pour se protéger du froid. Le paysan menait un troupeau de porcs. Sans broncher, il regarda passer près de lui le moine et, une fois que celui-ci l'eut dépassé, il le détailla avec attention. Son inspection faite, il l'interpella. Le moine se retourna, sur ses gardes.

« Il fait froid, moine, vous n'avez pas de vêtement et la route est longue encore jusqu'à Besançon. Que diriez-vous d'un brouet de piments ?

– Comment savez-vous que je vais à Besançon ? cria le moine.

– C'est la ville la plus proche. Allez, venez ! »

Le moine resta immobile un moment, puis il choisit de suivre le paysan. Celui-ci le mena à sa masure, où un feu vivotait dans l'âtre. Il lui servit un ragoût couleur de rouille et un peu de pain à tremper dans le jus d'ail. Les porcs étaient restés à l'extérieur, dans le froid. On les entendait grogner devant la porte. « Ce sont les vôtres ? » demanda le moine. Le paysan hocha la tête. « Moi aussi, j'en avais, avant, dans mon ermitage. » Ce furent les seules paroles qu'il prononça. Sitôt son repas terminé, il se leva et, sans un regard pour le paysan, il le quitta.

Le monastère de Besançon se situait un peu à l'écart de la ville, au bout d'un chemin en courbe bordé de fossés. Encore une fois, le bâtiment exhalait des relents de mort ; seul signe de vie, une vague présence, qui semblait reculer à mesure qu'on approchait. En poussant la porte d'entrée, le vieux moine fut surpris par sa taille, qui aurait convenu à un enfant ou à un nain. Il frissonna en constatant que l'ensemble des édifices avait cette dimension. Tout était minuscule : aucune chaise ne pouvait l'accueillir convenablement, les portes le laissaient à peine s'infiltrer dans leur embrasure, et il devait marcher en permanence le dos courbé, pour éviter de se cogner aux plafonds.

Il fallut presque vingt-quatre heures au moine pour explorer le monastère de fond en comble, sans qu'il pût rien trouver pour autant. Dans les cuisines, la vaisselle sale traînait encore autour des éviers, les latrines étaient dans un état de totale insalubrité, les baignoires, incrustées de cernes. Le moine dut se résoudre à rester plus longtemps dans cet endroit miniature. Il gagna le dortoir, où il fracassa quelques lits contre le mur et en fit un feu. Il en joignit quatre autres pour se fabriquer une couche.

La première chose que le moine constata en se réveillant fut que les lits restants avaient été utilisés : ils s'étaient légèrement déplacés, et les draps avaient été froissés.

Les bâtiments furent de nouveau soumis à une exploration systématique, mais, cette fois, avec plus de précaution. Le vieillard demeura attentif aux sons, regarda souvent par-dessus son épaule. Il finit par s'apercevoir qu'on le suivait. Des objets tombaient tout seuls, des silhouettes ondulaient puis disparaissaient aux coins des murs ou au ras du sol sitôt qu'il se retournait. Peu à peu, ses recherches se révélant inutiles, il prit le parti de traquer les ombres fugitives. Armé d'un gourdin, il se mettait à courir aussitôt qu'il en apercevait une et, hurlant dans les corridors, brassant l'air autour de lui, il tentait de leur fracasser le crâne. Quand il se voyait distancé, il s'arrêtait, à bout de souffle, toujours penché en avant, et frappait les murs avec sa massue en criant : « Petits hommes ! Hommes petits ! Montrez-vous, par le trou de Luc ! »

C'est au crépuscule du troisième jour qu'il trouva enfin le nombril du Christ. Après une autre journée de fouilles et de poursuites, le dos plein de courbatures, il s'était assis sur le lit. Sentant son courage défaillir, il avait ouvert son baluchon, pour contempler le pied dérobé à Oka. Il s'était alors figé comme une statue. À côté de la boîte de verre se trouvait un sachet de velours rouge, constellé de perles noires et jaunâtres. À l'intérieur, il découvrit un bout de peau toute brunie, tordue sur elle-même, sèche et dure comme de la corne. Alarmé, le moine regarda partout autour de lui, croyant apercevoir des formes qui s'agitaient aux quatre coins de la salle. Se moquait-on de lui ? Il serra rapidement les cordons du sachet, referma son sac et quitta le monastère en courant.

La nuit tombait de plus en plus tôt. À peine l'après-midi était-elle commencée que déjà le soleil s'éclipsait et que la lune faisait son apparition aux cieux. Claudiquant, le spectre du moine continuait néanmoins à avancer dans l'obscurité. À leur sommet, les congères se paraient souvent d'un panache de poudrerie. Le vent soufflait de plus en plus violemment, gelant les sinus et engourdissant le menton décharné du vieillard. Parfois, celui-ci devait s'arrêter une demi-heure pour attendre que le blizzard fût passé.

Ces pauses lui donnaient l'occasion de se lancer dans de longues méditations, qu'il poursuivait lorsqu'il se remettait en marche. Il entretenait ainsi sa colère, pestant contre l'imbécillité des gens, tous aveugles, tous croyant en un Christ bienveillant. « Un Télémaque ! se lamentait-il. Je leur offre un Ulysse, et ils veulent encore un Télémaque ! Petit con ! Un minus pusillanime ! Oh ! mon Dieu ! » Une bourrasque lui fouetta le corps, le forçant à ralentir le pas. Il releva le visage en arborant un sourire amer. Il se dit que l'hiver, lui, n'avait aucune pitié.

C'était la seule saison qu'il appréciât, même s'il avait connu, seul dans le Nord, des années de souffrance et d'humiliation. Il aimait l'horreur des mois les plus froids, qui faisait se hérisser les cheveux de la plaine. Il aimait le vent, qui rompait les rochers et déplantait les bois. Il aimait la mer aux aboiements redoublés, qui faisait mugir sa rage contre les grèves. Il admirait la toute-puissance de l'hiver, qui tuait sans merci tout ce sur quoi il s'abattait. Chaque branche rompue sous le poids de la glace lui réchauffait le cœur, lui rappelant que la nature n'hésitait pas à se détruire elle-même : elle haïssait tellement l'homme qu'elle était prête à se mutiler, à trancher tous ses membres pour espérer le faire souffrir un peu. L'homme pouvait bien bâtir des maisons, faire paître ses animaux, semer, récolter, il pouvait bien exploiter, user, abuser de la nature, celle-ci attendait patiemment l'hiver, endurait les injures pour finalement se venger, à coups de gerçures, d'engelures, de plaies ouvertes par le gel, de coups de poignard fumant donnés par la bise, de tempêtes qui mettaient les maisons à bas et faisaient mourir de froid les malades et les enfants. Le moine huma avec délice les épices de l'air du soir. Il se demanda soudain pourquoi Ulysse, alors qu'il massacrait les prétendants, n'avait pas aussi massacré ses alliés. Un porcher, un bouvier, un fils indigne… Qu'avait-il besoin d'eux ? Il avait sa rage. Ah ! Il avait son arc, ses flèches, le sang pleuvait autour de lui, il aurait été si simple de les larder eux aussi, de les transpercer de ses rayons. Ah ! Voir leurs entrailles à eux aussi couler sur les dalles… Grâce au moine, une vengeance encore plus brillante était en voie de s'accomplir.

Après plusieurs jours, le moine entra dans une ville à l'embouchure de la Seine, près de laquelle on conservait l'un des bras du Christ. Depuis des semaines qu'il voyageait sans compagnie, il éprouva un sentiment de malaise à se retrouver ainsi dans la cohue. Autant que cela était possible, il tentait de ne pas se faire remarquer. Il marchait au milieu de la rue, traînant son pied dans le caniveau, le visage bas. Pourtant, un homme revêtu d'un manteau de fourrure vint l'aborder. Le visage couleur de terre brûlée, corpulent, il avait des cheveux raides, des yeux étirés vers les tempes, et une moustache, comme un trait tiré au crayon, ornait sa lèvre supérieure. Le nouveau venu dévoila aux yeux du moine une panoplie de languettes qui scintillaient dans l'ombre de son manteau. Du menton, il pointa le pied du moine. « Un couteau pour vous débarrasser de ça, monseigneur ? » lui demanda-t-il d'un accent guttural. Le moine murmura un « Non merci » et fit mine de poursuivre son chemin, mais l'homme lui bloqua la route. « Vous feriez mieux de me suivre. »

Avec une rapidité étonnante, le vieillard lui sauta dessus et lui enfonça un poing dans le visage. Cet assaut produisit aussitôt un craquement d'os, et un jet de sang éclaboussa le visage de l'homme. Prestement, le moine le fit trébucher et continua à s'acharner contre son visage à coups de pied nu. Puis, il se mit à courir, mais d'autres hommes de semblable apparence se dégagèrent de la foule et le prirent en chasse. Le moine sauta dans la première ruelle transversale qu'il rencontra et s'enfuit le plus vite possible. Cependant, de nouveaux poursuivants bloquèrent bientôt l'autre bout de la ruelle. Voyant la partie perdue, le moine réussit tout de même à mettre à mal cinq de ses assaillants avant qu'ils ne parvinssent à le ligoter et à le bâillonner.

Disposés autour de lui de manière à ce qu'on ne pût le voir, les hommes l'entraînèrent dans un réduit miteux, quelque part au cœur du lacis de venelles. On n'y trouvait qu'une chaise, sur laquelle on l'assit, après quoi on lui retira son bâillon. Il y avait bien dix hommes debout devant lui, vêtus de parkas, tous aux yeux en amande. Étrangement, ils semblaient le regarder avec respect, tandis que la vapeur s'échappait de leur bouche. Le moine, quant à lui, les toisait en silence. Un de membres de la troupe prit la parole :

« Savez-vous que les moines de Saint-Wandrille vous attendent ? Et qu'ils sont prêts à mourir pour leur relique ?

– Comment savez-vous cela ?

– Nous aussi, nous vous attendions.

– Qui êtes-vous ? »

Pour toute réponse, un autre homme s'avança vers lui.

« Votre quête commence à être connue. Les vols que vous avez commis ont été remarqués. L'information circule vite parmi les monastères.

– Êtes-vous avec eux ?

– Vous venez du Nord, moine, mais plus au nord encore, les gens croient que le retour du Christ est pour bientôt. Ils croient que la Jérusalem céleste est destinée à apparaître chez eux et que son Temple sera de glace. Nous sommes ici pour vous aider. »

Le moine ne prononça aucun mot. Il fronça les sourcils d'un air dubitatif.

« Personne ne connaît l'existence de notre secte, poursuivit l'Inuk. Nous voulons vous aider à récupérer toutes les parties du corps du Christ.

– Je n'ai pas besoin d'aide.

– Connaissez-vous l'art martial de saint Wandrille ?

– Non.

– La légende veut qu'au début des raids vikings, le moine Wandrille ait développé une forme de combat particulière pour défendre le monastère et ses trésors contre les barbares. Depuis, les religieux se le transmettent et c'est un secret conservé jalousement par leur ordre. »

Le moine demanda à ce qu'on le détachât. On voulut lui mettre un manteau sur les épaules, mais il le repoussa violemment. Toujours méfiant, il passa une main sur ses joues ridées. Il voulut savoir en quoi consistait cet art martial.

« Les combattants retiennent leur respiration, lui expliqua-t-on, jusqu'à ce que cela se transforme en un souffle igné, qu'ils crachent ensuite par la bouche et les narines. C'est un feu pur, immatériel, que rien ne peut éteindre.

– Et ce n'est pas tout, ajouta un autre homme en parka. Ils utilisent aussi ce qu'ils appellent le toucher angélique. Ils glissent près de leur adversaire et frappent au niveau du plexus solaire, où se situe le cœur.

– Mais le cœur ne se situe pas là.

– Pour eux, oui. C'est le centre de l'être. Et si le toucher est appliqué correctement, votre cœur se pulvérise, c'est-à-dire que votre centre disparaît, et vous perdez tous vos membres. Littéralement, vos bras, vos jambes, votre tête, tout se découd et tombe à terre. »

Le moine avait les yeux fiévreux, il serrait les poings.

« C'est magnifique, murmura-t-il.

– C'est magnifique, mais ils l'utilisent contre nous.

– Comment savez-vous tout cela ? demanda le moine, revenu de sa contemplation.

– L'un des moines a défroqué. Les autres ont essayé de le tuer, mais nous l'avons protégé et nous l'avons payé cher pour qu'il nous enseigne son art. Imparfaitement, mais assez pour pouvoir nous défendre.

– Quand pouvons-nous passer à l'attaque ?

– Ce soir, si vous le désirez. »

Les Inuit montrèrent au vieux moine comment marcher silencieusement sur la neige. On chaussa son pied sain d'un soulier à la semelle hérissée de pointes, mais l'autre pied dut rester dévêtu. La lune était à son plein lorsque la petite troupe trottina hors des murs de la ville. « Soleil imparfait… », maugréa l'un des Inuit en regardant l'astre. Sans faire crisser la neige, ils approchèrent des murailles du monastère de Saint-Wandrille. L'un des hommes pointa du doigt une trouée dans la neige : un tunnel avait été creusé à la sauvette sous les murailles, en prévision de l'arrivée du moine. Chacun des membres de la troupe se mit à plat ventre et rampa dans le tunnel pour ressortir de l'autre côté, tapi dans la pénombre du haut mur.

La lumière de la lune montrait clairement que deux moines en robe de bure gardaient l'entrée de l'église. Au moins quatre autres se promenaient près du portail. Deux des Inuit avancèrent sur les coudes et les genoux, ondulant sur la neige, jusqu'aux pieds des gardes. Ils se relevèrent rapidement en les effleurant au milieu du dos, entre les omoplates. Le toucher était approximatif, mais suffisant pour faire perdre conscience aux religieux : ils s'écroulèrent à terre, la main de l'un d'eux se détachant et roulant sur le sol. Les éclaireurs firent signe au reste de la troupe de les suivre.

En s'infiltrant dans l'église, ils tressaillirent lorsque, au bruit de leurs pas, des échos se levèrent des bas-côtés et accompagnèrent leur marche. Sur l'autel, au fond de la nef, une châsse d'argent brillait de tous ses feux. Le moine en approcha son visage et ferma un œil. Une fente aménagée dans le métal permettait d'apercevoir, derrière tous les ornements, un morceau d'humérus. L'excitation gagna tout le monde. Ouvrant son baluchon sur l'autel, le moine y déposa la relique et refit les nœuds.

C'est alors que l'un des Inuit heurta du coude un encensoir posé sur la table. Celui-ci tomba avec un effroyable bruit de ferraille. Aussitôt, on vit une multitude d'ombres se déverser dans la nef, depuis le porche. Une pluie de flammèches bleues s'abattit immédiatement autour de l'autel. Les voleurs avaient brisé le vitrail de l'une des chapelles rayonnantes et étaient déjà presque tous sortis, mais l'un d'eux fut frappé par une boule de feu, juste à la base de la nuque, alors qu'il se hissait sur le rebord de la verrière. Il se cambra et tomba à la renverse en se tortillant et en hurlant. À l'extérieur, les membres de la secte se précipitaient déjà dans la galerie souterraine ; seul le dernier fut rattrapé par les moines de Saint-Wandrille. Ceux-ci le tirèrent par les pieds, le retournèrent et lui caressèrent la poitrine ; de l'autre côté de la muraille, ses compagnons l'entendirent crier et virent rouler, dans le fond du tunnel, ses bras, ses avant-bras et sa tête.

Ils retinrent leurs larmes jusqu'à ce qu'ils fussent en sûreté, dans un igloo au toit très bas, aménagé non loin, dans la forêt. Là, il était impossible qu'on les découvrît, et ils se laissèrent aller à leur désolation. Le vieux moine se mit aussitôt à les gifler les uns après les autres. « Gens de peu de foi ! Ceux qui combattent pour moi doivent s'attendre à mourir. Coupez-vous de votre famille, coupez-vous de vos amis. Par la jambe de saint Irénée ! Vous ne devez plus avoir qu'un but, préparer la vengeance du Christ ! »

*   *   *

Après le vol de la relique, la quête du moine éclata au grand jour et vint à la connaissance de toute la population. Il n'eut plus à pénétrer lui-même dans les monastères : ses disciples s'en chargeaient. Parfois, les religieux, terrorisés, cédaient de leur propre chef le genou, le nez ou l'œil dont ils avaient la garde. Dans deux ou trois villages, les habitants accueillirent même sa troupe avec des acclamations et lui présentèrent un membre momifié sur du velours rouge. Peu à peu, on se mit à le suivre en foule. Le moine prêchait son message de violence, il parcourait les villes et les villages, et on se joignait à lui en nombre toujours plus grand. Mais le froid affaiblissait les gens, la lassitude les rendait hagards et la maladie les décimait. Le moine ne s'en souciait pas.

Plus l'hiver faisait sentir sa rigueur, plus sa campagne était couronnée de succès. Le moine gardait toujours avec lui son baluchon, qui grossissait à chaque conquête. Quand il fallait faire halte, il se retirait à l'écart du campement, pour coucher sur la dure, bras et jambes enroulés autour du sac.

C'est au pied d'une montagne en Savoie qu'une personne parmi la foule tenta de le couper en morceaux pendant son sommeil. L'assassin s'était approché en silence, mais il heurta le pied du vieillard. Celui-ci se réveilla et eut juste le temps de rouler sur le côté avant que le fer de la hache ne s'abatte. Aux cris du moine, les Inuit accoururent et on captura l'homme, sans le tuer tout de suite.

Les éclaireurs de la troupe s'informèrent auprès des complices avec lesquels ils entretenaient des liens dans plusieurs agglomérations. Rapidement, on découvrit qu'une secte s'était formée, qui avait solennellement juré de maintenir le Christ séparé en morceaux. Les raisons invoquées pour justifier une telle mission ne concordaient toutefois pas, et on ne sut jamais le fin mot de l'histoire : d'après certains, cette secte avait été fondée par des satanistes cherchant à combattre l'influence du Christ, tandis que, pour d'autres, elle était composée de chrétiens fidèles voulant faire respecter la sacralité des reliques. « Et ils disent croire à la résurrection des corps, pesta le moine, les dents serrées. Eh bien ! s'ils veulent la séparation, qu'il en soit ainsi ! » L'enquête ayant laissé croire que des agents de la secte ennemie étaient présents parmi le cortège, le moine désigna une personne sur dix à qui on coupa la tête. Le premier assassin, lui, fut écartelé par quatre bœufs.

Malgré ces actions punitives, le moine commença à connaître quelques difficultés. Il semblait que des opposants se fussent maintenus parmi la foule qui le suivait. Un matin, on découvrait que toutes les réserves d'eau avaient été empoisonnées. En plein milieu de l'attaque d'un monastère, les armes tombaient en poussière, rongées par l'acide. Les béliers, les échelles, tout se défaisait, parce qu'il manquait ici un clou, là une vis. À chaque relique dont on voulait s'emparer, il fallait consacrer de plus en plus d'énergie et d'efforts.

En outre, d'autres groupes se manifestèrent, ouvertement ou par des menées, en opposition avec la mission du moine. Ces hérésies étaient de natures diverses, regroupant parfois dix personnes, parfois des milliers. Plusieurs tribus de bergers, en Grèce, plaidèrent qu'il ne pouvait y avoir plus d'un Ulysse et que, si le Christ voulait revenir sur terre, il le fît d'une autre manière que par la vengeance. Dans la foulée, les professeurs de l'université de Salamanque donnèrent un fondement philosophique à ce soulèvement populaire en arguant que la vengeance d'Ulysse n'était qu'une métaphore, qu'elle ne s'était jamais produite en réalité. Bien qu'ils fussent accusés de révisionnisme par les partisans du moine, ils soutinrent que cette épopée n'était qu'une allégorie : la vengeance d'Ulysse symbolisait la destruction des appétits primaires par la vertu, dans le but d'embrasser la constance et appuyée en cela par l'humilité.

Certains théologiens suggérèrent, de la même façon, qu'il était impensable, et même impie, de vouloir faire revenir le Christ par le biais du corps ; la crucifixion, au contraire, démontrait bien qu'il fallait sacrifier la chair. On proposa cependant, puisque le Christ n'était que pur esprit, de l'invoquer grâce à une musique savamment composée. Toutefois, un groupe de musiciens de Cologne crut bon de faire partager ses préoccupations : si la musique ne se révélait pas parfaitement juste, ne courait-on pas le risque que le son produit lors de la résurrection fût assez dissonant pour invoquer le Diable ? Un autre groupe, des docteurs d'Ingolstadt, fit savoir qu'il n'était pas *a priori* opposé à la cause du moine, mais il le mit en garde contre le risque que le Christ, une fois recréé, ne fût pas aussi parfait qu'il l'imaginait et qu'il semât la destruction autour de lui ; le moine leur rappela que c'était exactement cela qu'il recherchait.

L'une des sectes les plus acharnées prit rapidement les armes et fit subir de lourdes pertes aux troupes monacales. Il s'agissait d'un groupe de moniales qui, toutes, avaient pris le nom de Pénélope. Ces nonnes ne s'opposaient pas non plus à l'objectif que s'était fixé leur ennemi, mais elles considéraient que le Christ-Ulysse ne pouvait être ressuscité que par une épouse fidèle, et non par un autre homme. Elles cherchèrent donc avec opiniâtreté à s'emparer du sac de reliques, dans le but d'accomplir elles-mêmes la tâche, mais le moine leur échappa à la dernière minute.

Tous ces groupes, malgré le fait qu'ils fussent d'inspirations différentes, parfois inconciliables, acceptèrent de s'unir pour nuire à toute nouvelle tentative de conquête. Le nombre de reliques restantes étant faible, on n'eut aucune difficulté à réunir une multitude de combattants pour défendre les monastères. À chaque endroit, la quête du moine prenait la forme d'une bataille rangée où les morts s'amassaient en tombereaux ; les maris se dressaient contre les épouses, les enfants contre les parents, les amis contre les amis. Chaque bataille durait plusieurs jours, parfois suivie d'un siège éreintant. La boue, le sang et les flammes devinrent le lot quotidien du moine et de ses suivants.

Enfin, le dernier monastère tomba. Tandis que le restant de ses troupes mourait devant les murailles, le vieux moine, accompagné de quelques serviteurs dévoués, s'introduisit dans l'église de bois consacrée à saint Vladimir et s'empara des bouts d'ongle qu'on y conservait.

Le triomphe était total, et la nouvelle se répandit à travers le pays comme une traînée de poudre. Maintenant en possession de tous les membres du Christ, le moine et sa cohorte d'Inuit se dirigèrent franc nord, pour rejoindre une ville alliée depuis le tout début. Ils marchaient par étapes forcées, malgré la tempête abominable qui s'abattait sur eux. Plus on avançait, plus les Inuit reconnaissaient la contrée et proposaient des itinéraires sûrs, mais, chaque jour, il fallait bien s'immobiliser quatre ou cinq heures, les vents soufflant avec la force d'un cyclone. On se confectionnait des masques avec des morceaux de fourrure, de peur d'avoir le visage blessé par les rafales. Le moine persistait à affronter nu la colère des éléments, les yeux en flamme, traînant son pied noir dans la neige. Le blizzard bouchait complètement le ciel, si bien qu'on marchait dans une perpétuelle obscurité.

À un moment, un Inuk éclata de rire. « Je faisais le décompte des jours : je viens de m'apercevoir que c'est aujourd'hui Pâques. Les jours sont censés avoir commencé à allonger ! Mais à cause de cette sale tempête, on n'y voit rien ! Où est-il, le soleil ? » Et il tournait sur lui-même en tendant les bras vers l'horizon. Le moine le gifla violemment. « Chien ! Pauvre imbécile ! Tu ne vois pas que l'hiver, c'est déjà le soleil ? Le soleil et la nature, aucun d'eux n'hésite à se détruire pour agresser les hommes. Le soleil est un hiver plus parfait ! Je regrette seulement que les vents ne soufflent pas plus fort… » Le soir même, alors que deux hommes étaient morts de froid le long de la piste, la petite troupe atteignit Ivujivik.

Une foule ardente attendait le moine et ses disciples. À travers les rues venteuses, sous un ciel bistre, un cortège de femmes, d'enfants, de vieillards accompagna le moine jusqu'au centre de la ville, sur la place publique. Les quelques membres de son escorte encore vivants se mirent à crier et écartèrent les gens pour former un cercle autour du héros.

En tremblant, le vieillard sortit de son baluchon, un à un, les morceaux du corps. Il les disposa de manière à former, au centre de la place, un immense cadavre étendu sur le sol glacé. Le miracle était pour ce soir. La foule s'agitait, les gens se pressaient les uns contre les autres. On tendait le cou pour porter les yeux sur la scène, on donnait des coups de genou dans les fesses, on appuyait la main sur l'épaule du voisin, on grimpait sur le dos des plus grands. La presse retint son souffle lorsque le moine commença son invocation.

Il prit une profonde inspiration et se mit à gratter rageusement le sol de ses ongles. Une vapeur tremblait autour de son corps bouillant. Lorsqu'il eut creusé une fosse d'une coudée de profondeur, il prit trois fioles dans son sac. De la première, il tira un liquide jaune moutarde, qu'il versa directement dans la fosse. Il fit de même avec les deux autres fioles, l'une contenant un liquide rouge vin et l'autre, un liquide noir comme du pétrole. Par-dessus, il répandit une couche de neige poudreuse, qu'il tamisa entre ses doigts. Il supplia alors instamment le Christ de renaître dans ce corps et d'apporter sa vengeance sur le monde. À ces mots, deux Inuit sortirent de la foule, portant entre leurs bras un enfant braillant qu'ils égorgèrent, faisant tomber son sang dans la fosse. Puis ils se retirèrent et on attendit.

Impossible de dire combien de temps s'écoula, avant que la foule ne décidât que l'invocation avait été un échec. Guidée par une inspiration soudaine et unanime, elle se rua sur la place avec des hurlements. On piétina les reliques et on s'empara du moine. Chacun le tirait de son côté, chacun voulait lui faire sentir son courroux. L'un lui arracha tout le bras, un autre saisit le bout sanglant et tira à son tour pour sectionner le coude. On fit de même avec les jambes, en brisant les genoux. À deux, à trois, à quatre, on prit sa tête sous l'aisselle et on tourna jusqu'à ce qu'elle cédât ; le moine expira, une vapeur rouge jaillit de sa bouche et s'effaça rapidement dans l'air glacé. Une main coupée avait roulé dans la neige et un enfant en arrachait les doigts, comme on effeuille une marguerite. Soudain, des haches apparurent entre les mains des agresseurs, et on finit de dépecer le cadavre en abattant le fer entre chacune des vertèbres qui saillaient derrière le torse.

À peine revenue de sa fureur, la foule rassembla les morceaux du moine. Elle les mit dans son ancien baluchon, puis, alors que la tempête se calmait, elle marcha en une longue procession jusque sur les rives de l'Océan, où elle jeta les restes dans les flots. Sur le chemin du retour, sous un ciel à présent apaisé et luisant d'étoiles, les habitants d'Ivujivik marchèrent en silence, se lançant des regards torves. Chacun reprochait secrètement aux autres de l'avoir entraîné dans cette démence. Les amis se quittèrent sans un salut, les parents et les enfants regrettèrent d'avoir à finir la nuit sous le même toit. Les quelques Inuit qui avaient appuyé le moine au commencement de sa quête se réfugièrent immédiatement dans une maison discrète, de peur des représailles. Au matin, ils avaient déjà disparu.

Mais la secte ne fut pas dissoute pour autant. Elle se mit à parcourir le pays, le baluchon sur l'épaule, à la recherche des morceaux épars du moine, dans l'espoir qu'il puisse revivre et poursuivre la mission qu'il s'était donnée.

On raconte aussi que, dans cette ville glacée, une autre secte, plus petite, se forma. Elle croyait que le moine était l'Antéchrist, puisqu'il préparait l'arrivée du Christ. Il devait nécessairement céder le pas à son maître ; loin d'être un signe d'échec, la mort du vieillard était inévitable, elle signifiait la venue du Messie.

Le moine avait donc bel et bien réussi sa mission. Les membres de la secte en voulurent pour preuve que, le lendemain de cette nuit fatidique, le soleil brillait.

ACHEVÉ D'IMPRIMER
EN SEPTEMBRE 2004
SUR LES PRESSES DE AGMV-MARQUIS
MONTMAGNY, CANADA